外国人のための日本語　例文・問題シリーズ18

読　　解

——拡大文節の認知——

牧野成一
畑佐由紀子
共著

日本荒竹出版　授權
鴻儒堂出版社　發行

監修者の言葉

このシリーズは、日本国内はもとより、欧米、アジア、オーストラリアなどで、長年、日本語教育にたずさわってきた教師三十七名が、言語理論をどのように教育の現場に活かすかという観点から、アイデアを持ち寄ってできたものです。私達は、日本語を教えている現職の先生方に使っていただくだけでなく、同時に、中・上級レベルの学生の復習用にも使えるものを作るように努力しました。

このシリーズの主な目的は、「例文・問題シリーズ」という副題からも明らかなように、学生には、今まで習得した日本語の総復習と自己診断のためのお手本を、教師の方々には、教室で即戦力となる例文と問題を提供することにあります。既存の言語理論および日本語文法に関する諸学者の識見を無視せず、むしろ、それを現場へ応用するという姿勢を忘れなかったという点で、ある意味で、これは教則本的実用文法シリーズと言えるかと思います。

従来、文部省で認められてきた十品詞論は、古典文法論ではともかく、現代日本語の分析には不充分であることは、日本語教師なら、だれでも知っています。そこで、このシリーズでは、品詞を自立語では、動詞、イ形容詞、ナ形容詞、名詞、副詞、接続詞、数詞、間投詞、コ・ソ・ア・ド指示詞の九品詞、付属語では、接頭辞、接尾辞、（ダ・デス、マス指示詞を含む）助動詞、形式名詞、助詞、助数詞の六品詞の、全部で十五に分類しました。さらに細かい各品詞の意味論的・統語論的な分類については、各巻の執筆者の判断にまかせました。

また、活用の形についても、未然・連用・終止・連体・仮定・命令の六形でなく、動詞、形容詞とともに、十一形の体系を採用しました。そのため、動詞は活用形によって、u動詞、ru動詞、行く動詞、来る動詞、する動詞、の五種類に分けられることになります。活用形への考慮が必要な巻では、巻頭に活用の形式を詳述してあります。

シリーズ全体にわたって、例文に使う漢字は常用漢字の範囲内にとどめるよう努めました。項目によっては、適宜、外国語で説明を加えた場合もありますが、説明はできるだけ日本語でするように心がけました。

教室で使っていただく際の便宜を考えて、解答は別冊にしました。また、この種の文法シリーズでは、各巻とも内容に重複は避けられない問題ですから、読者の便宜を考慮し、永田高志氏にお願いして、別巻として総索引を加えました。

私達の職歴は、青山学院、獨協、学習院、恵泉女学園、上智、慶應、ICU、名古屋、南山、早稲田、国立国語研究所、国際学友会日本語学校、日米会話学院、アイオワ大、朝日カルチャーセンター、アリゾナ大、イリノイ大、メリーランド大、ミシガン大、ミドルベリー大、ペンシルベニア大、スタンフォード大、ワシントン大、ウィスコンシン大、アメリカ・カナダ十一大学連合日本研究センター、オーストラリア国立大、と多様ですが、日本語教師としての連帯感と、日本語を勉強する諸外国の学生の役に立ちたいという使命感から、このプロジェクトを通じて協力してきました。

国内だけでなく、海外在住の著者の方々とも連絡をとる必要から、名柄が「まとめ役」をいたしましたが、たわむれに、私達全員の「外国語としての日本語」歴を合計したところ、580年以上にも及びました。この600年近くの経験が、このシリーズを使っていただく皆様に、いたずらな「馬齢の積み重ね」に感じられないだけの業績になっていればというのが、私達一同の願いです。

このシリーズをお使いいただいて、Two heads are better than one.（三人寄れば文殊の知恵）とお感じになるか、それとも、Too many cooks spoil the broth.（船頭多くして船山に登る）とお感じになったか、率直な御意見をお聞かせいただければと願っています。

この出版を通じて、荒竹三郎先生並びに、荒竹出版編集部の松原正明氏に大変お世話になりましたことを、特筆して感謝したいと思います。

一九八七年　秋

ミシガン大学名誉教授
上智大学比較文化学部教授　名柄　迪

はしがき

日本語の基礎能力を身につけた中・上級学習者にとって複雑な文の読解は大きな課題となってくる。外国語で複雑な文を読む能力を伸《の》ばすためには、大要をつかむスキミングとか、主要な情報を取り出すスキャンニングの練習をすると同時に、文及《およ》び文章の構造を正確に読む精読（インテンシブ・リーディング）の練習も必要であろう。日本語の精読練習の中で一番重要なのは本書で言う「拡大文節」の認知ではないかと思う。

「拡大文節」というのは著者の用語だから、読者には不可解だろう。詳《くわ》しくは第一章の説明にゆずるが、要するに文の中における修《しゅうしょく》飾語・非修《しゅうしょく》飾部からなる文節をぎりぎりまで拡大していったものである。例えば、「私は父からもらったスイスの時計をまだ持っています。」という文で、「時計」は被《ひしゅうしょく》修飾語だが、その修《しゅうしょく》飾部は「スイスの」もそうだが、「父からもらったスイスの」がぎりぎりの修《しゅうしょく》飾部であろう。これが認知出来なければ、この文の構造が統語上、意味上分かったことにはならないのである。日本語の文の構造は入子《いれこ》型になりがちなので、初級のレベルから、拡大文節の認知をしていないと、上級に行って、文章が正確に読めないことになってしまう。

精読の方法は拡大文節の認知以外に、代名詞の照応関係を決めたり、視点を認知したり、詳《くわ》しい内容質問などをしたり、色々ある。しかし、拡大文節認知は初級者には複雑な文構造の把握《はあく》の基本的練習にも有効ではないかと思われる。

外国で日本語を教える場合、しばしば学生の母国語に翻訳《ほんやく》させて、内容の把握《はあく》の程度を確かめようとする。実は拡大文節認知の方法は、そのような翻訳《ほんやく》主義を避《さ》ける方法として考案されたものである。日本人が無意識にやっている拡大文節認知を、学生は、少なくとも初めは、意識的に学習しなければならない。

一九八〇年以降、この方法で日本語の精読を学んだ学生はアメリカのイリノイ大学、ミドルベリー大学、ハーバード大学の学生などかなり多数にのぼる。この方法はその有効性が実験的に証明されたわけではないが、学生――特に上級生――には概《がい》して好評である。本書の使用者も練習を通して、日本語の文章を正しく読めるようになっていただきたいと思う。

最後になるが、本書出版の機会を与《あた》えて下さった名柄迪教授、本書のキーワード「拡大文節」を考え出す契機《けいき》を与《あた》えてくれたミドルベリー大学夏季日本語学校の優秀《ゆうしゅう》な学生達《たち》に心から感謝する。また、原文の転載許可の願いにたいしてご快諾いただいた川端香男里氏、谷崎松子の両氏に感謝する。読者のご批判を仰《あお》げれば幸いである。

一九八九年一月

牧野成一
畑佐由紀子

目次

本書の使い方

まず総論を読んで「拡大文節」の概念《がいねん》をつかんだら、「被修飾語《ひしゅうしょく》」の文法範疇《はんちゅう》で分類された各々《おのおの》の型の例文と解説を読む。総論の日本語が読めない学習者は先生に説明してもらうか、Makino & Tsutsui: *A Dictionary of Basic Japanese Grammar*, Japan Times, 1986, pp. 612-618 を参照していただけたらと思う。

本書は副教材として教室で使ってもよいし、自習用に一人《ひとり》で使ってもよい。各練習問題の解答は「別冊解答」として巻末についている。それにはいちいち解説をつけてはいないが、学習者は、たえず、総論〔二〕「拡大文節の探し方」の原則を参照しながら、拡大文節の始まりを決めるようにしていただきたい。教室で副教材として使う場合、教師は「別冊解答」を学生に見させないことが必要だろう。

本書は初級、中級、上級のすべてのレベルを対象にして書かれている。従って、各練習問題には「初」「中」「上」の印《しるし》が各文または文章末に目安《めやす》としてつけてある。中級の学習者は初級用の練習問題を、上級の学習者は、初・中級用の練習問題をそれぞれ、解くことによって、文法のいい復習になるはずなので、その部分をとばさない方がいいだろう。初級の学習者は「初」と印《しる》されている練習問題だけをやって、将来、レベルがあがったら、それに応じて、「中」「上」の練習問題にすすめばよい。

練習問題は総論〔一〕に出てくる七つの型に分類されている。各型の終わりにはその型の総合練習のための比較《ひかく》的長い文章が出してある。

本書を使い終わったら、精読用の読み教材に本書のような拡大文節の認知練習を応用して読む能力

第一章　総　論

〔一〕拡大文節とは

文は音声上、意味上の単位である「文節」から出来ている。例えば、

(1)　私は｜きのう｜おもしろい｜映画を｜大学の｜友達《ともだち》と｜見た。

という文は横線で示してあるように七つの文節から成っている。しかし、文を理解する上で文節以上に重要になってくるのは文節そのものよりも、**修飾《しゅうしょく》部**の全体と**被《ひ》修飾《しゅうしょく》部**（＝被《ひ》修飾《しゅうしょく》語）から成る**拡大文節**であろう。本書では、修飾《しゅうしょく》部は「被《ひ》修飾《しゅうしょく》部の意味を限定し、常に被《ひ》修飾《しゅうしょく》部に先行する」と考えることにする。

例文(1)で、「おもしろい映画(を)」と「大学の友達《ともだち》(と)」は拡大文節の例である。どうしてかというと、次のように、修飾《しゅうしょく》部と被《ひ》修飾《しゅうしょく》部（語）から成る統括《とうかつ》された単位になっているからである。

拡大文節	
修《しゅう》飾《しょく》部	**被《ひ》修《しゅう》飾《しょく》部**
おもしろい	映画（を）
大学の	友達《ともだち》（と）

拡大文節の認知能力は話、聴、書、読のどの技能でも重要だが、本書では、特に文構造が複雑になる書きことばの読解に焦点《しょうてん》を合わせる。書きことばでは、(2)のような文が頻繁《ひんぱん》に出て来て、学習者の文の解釈《かいしゃく》を困難にさせる。

(2)　私はアメリカの友人から妻もワシントンでの学会に出られるかという手紙を受け取った。

この文には被《ひ》修《しゅう》飾《しょく》語はたくさんあるが、例えば「手紙」を被《ひ》修《しゅう》飾《しょく》語に選ぶと、それに対応する拡大文節は何だろうか。おそらく、初級の終わり頃《ごろ》の学生でも、それが傍線《ぼうせん》で示したように、「妻」から始まると、こういうことが正しく認知出来ない学生がかなりいるのではないだろうか。この拡大文節が認知出来ないということは、この文の構文の把握《はあく》の仕方が不正確だということになり、さらには、基底の文法の把握《はあく》が弱いということにもなる。

次に本書で重点的に扱《あつか》う拡大文節をその被《ひ》修《しゅう》飾《しょく》部の品詞によって分類した型と文例を示しておく。

型1　名詞型拡大文節

修《しゅう》飾《しょく》部	被《ひ》修《しゅう》飾《しょく》語（名詞）
大きい	家
日本の	大学
東京《とうきょう》での	学会
きのう会った	人

例　型1はいわゆる「連体修《しゅう》飾《しょく》」である。

型2　形容詞型拡大文節

修《しゅう》飾《しょく》部	被《ひ》修《しゅう》飾《しょく》語（形容詞）
とても	おもしろい
大変	きれいだ
あくびがでるほど	つまらない

型3　動詞型拡大文節

修《しゅう》飾《しょく》部	被《ひ》修《しゅう》飾《しょく》語（動詞）
早く	起きる
やっと	分かる
食べてから	行く

型4　助詞型拡大文節

修《しゅう》飾《しょく》部	被《ひ》修《しゅう》飾《しょく》語（助詞）
先生	は
私の友達《ともだち》	が
京都《きょうと》	から
太郎と花子	に
かかります	か

型5　接続詞型拡大文節

修《しゅう》飾《しょく》部	被《ひ》修《しゅう》飾《しょく》語（接続詞）
車を買いたいんです	が
雪が降《ふ》った	から
とてもむずかしかった	けれど
テレビを見	ながら

注　接続助詞も接続詞として扱《あつか》う。

型6　形式名詞型拡大文節

修《しゅう》飾《しょく》部	被《ひ》修《しゅう》飾《しょく》語（形式名詞）
月へ行く	こと
友達《ともだち》が走っている	の

型7　モダル型拡大文節

修《しゅう》飾《しょく》部	被《ひ》修《しゅう》飾《しょく》語（モダル）
来年日本に行きたい	んです
夕方雨が降《ふ》る	ようです
大学がつまらない	そうだ

注　モダル（modal）は話し手・書き手の何らかの判断を表す語。

型1、型2、型3は典型的な修飾《しゅうしょく》―被修飾《ひしゅうしょく》の型だから説明を要しないだろう。しかし、それ以外の型で、助詞、接続詞、形式名詞、モダルを被修飾《ひしゅうしょく》語と呼ぶことは一般《いっぱん》の常識からはずれているので説明を要するだろう。修飾《しゅうしょく》部には、本節の冒頭《ぼうとう》で定義したように、被修飾《ひしゅうしょく》部の意味を限定するはたらきがあると考えると、型1、型2、型3のように、修飾《しゅうしょく》部が随意《ずいい》に自立語である被《ひ》修飾《しゅうしょく》語の意味を限定する場合ばかりではなく、型4〜型7のように、修飾《しゅうしょく》部が義務的に付属語である被修飾《ひしゅうしょく》語の意味内容を限定する場合も、修飾《しゅうしょく》↓被修飾《ひしゅうしょく》の関係にあると言わざるを得ないのである。

以上で、拡大文節が何か、その根本を理解していただけたと思う。では、拡大文節をどうやって探したらいいのだろうか。

〔二〕拡大文節の探し方

拡大文節は単なる文法上の単位であるばかりでなく、重要な意味上の単位なのであるから、修飾《しゅうしょく》部を被修飾《ひしゅうしょく》部に結びつける修飾《しゅうしょく》関係を、構造と意味に着眼して注意深く読んでいけば拡大文節を決定出来るはずである。しかし、そうは言っても、その作業《さぎょう》はそれほど簡単ではない。そこで以下に拡大文節発見の基本的な原則を挙げておこう。

原則Ⅰ（除外の原則）

要素X（＝語、句、節）が、被修飾《ひしゅうしょく》語と思われる語の後に来る要素Y（＝語、句、節）を修《しゅう》飾《しょく》していたら、その要素Xは拡大文節の外になる。逆に、要素Xが、被修飾《ひしゅうしょく》語と思われる語と要素Xとの間の要素Y'を修飾《しゅうしょく》していたら、要素Xは拡大文節の内になる。拡大文節は最長の修飾《しゅうしょく》部＋被修飾《ひしゅうしょく》語のことなのである。

原則Ⅰを図示すると次のようになる。

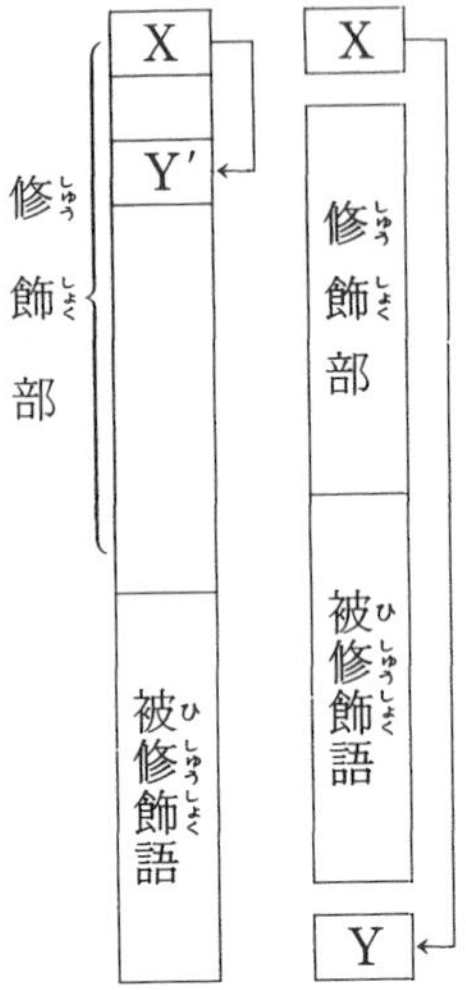

〔一〕の例文⑵を、原則Ⅰに照らしてもう一度見てみよう。

⑵　**私は**アメリカの友人から妻もワシントンでの学会に出られるかという手紙を受け取った。

「手紙」の拡大文節はどうして「妻も」からなのだろうか。日本語母国語者だったら、理屈《りくつ》ぬきにそう思うが、日本語学習者は初めのうちはそれを意識的、論理的に納得《なっとく》しなければなるまい。可能性として拡大文節の始めは、「私は」、「きのう」、「アメリカ」、「友人」、「ワシントン」など、文節の切れ目なら、どれでもいい。しかし、原則Ⅰに照らすと、「私は」、「きのう」、「アメリカ」、「友人」はいずれも□内の被修飾《ひしゅうしょく》語「手紙」の後に来る要素「受け取った」と修飾《しゅうしょく》関係にあるから、拡大文節の外だということになる。「ワシントン」は、「ワシントンでの学会」という名詞句文節の一部だから、原則Ⅰに照らして、拡大文節の内だということになる。しかし、「妻も」も被修飾《ひしゅうしょく》語の前の要素「出られる」と修飾《しゅうしょく》関係にあるから、これも原則Ⅰに照らして拡大文節の内ということになる。「妻も」の直前の「友人から」は被修飾《ひしゅうしょく》語「手紙」の後に来る要素「受け取った」と修飾《しゅうしょく》関係にあるから、外である。従って、「妻も」が拡大文節の始まりだという結論になる。ややこしい説明のように聞こえるかもしれないが、日本語を外国語として学習する場合、特に、精読で、文を正確に読む場合、学習者が拡大文節を正しく認知出来るのは必要条件であろう。

原則Ⅱ（「は」「も」の原則）

主題を表す名詞句「名詞＋**は**」はその後に来る被修飾《ひしゅうしょく》語の拡大文節の外になる傾向《けいこう》が非常に強い。「名詞＋も」についても同じことが言える。「名詞＋、」も同じく、外になる傾向《けいこう》が強い。

例文(2)で、文頭の「私は」は主題であるから、ほとんど自動的に、その後に出て来る被修飾《ひしゅうしょく》語の「手紙」の拡大文節の外になる。原則Ⅰに照らしても、「私は」は文末の動詞「受け取った」の主語だという修飾《しゅうしょく》関係にあるから、拡大文節の外である。「は」には**主題**ばかりでなく、例えば、

(3)　日本語**は**分かるが、韓国語《かんこく》**は**分からない。

のように、二項目《こうもく》の**比較**《ひかく》**対照**を表す機能がある。この比較対照の場合は原則Ⅱは使えない。例えば、次の文の「もの」の拡大文節は「は」の機能が比較《ひかく》対照だから、文頭からである。

(4)　アメリカ人**は**食べないが日本人**は**食べるものは沢山《たくさん》ある。

原則Ⅲ（接続詞「が」の原則）

二つの文が接続詞の「**が**」でつなげられていて、被修飾《ひしゅうしょく》語が「**が**」の後に来る場合、その拡大

文節は「**が**」の前の第一文の外になる傾向《けいこう》が非常に強い。なぜ、この原則が成り立つかと言うと、逆接の「が」はそこで意味が一応切れてしまうからであろう。原則IIIで説明出来る例を挙げよう。

(5)　a　買物に行った**が**、買う予定《よてい》の品がなかった。
　　b　先生に質問したかった**が**、約束《やくそく》の時間に先生は研究室にいらっしゃらなかった。

原則IIIは傾向《けいこう》にすぎないから、時々(6)のような場合も出てくるので注意を要する。

(6)　寝《ね》たかったが忙《いそが》しくて寝《ね》られない時もあった。

原則IV（引用の「と」の原則）

被修飾《ひしゅうしょく》語が引用の助詞「と」の場合、原則IIとIIIは破られる。引用は元の文を出来るだけ忠実に引用するのであるから、当然、引用の中に「名詞＋**は**」、「名詞＋**も**」、「文＋**が**」が入《はい》り得るわけである。

(7)　a　人間**は**考える葦《あし》だとパスカルが言ったのを知っていますか。
　　b　自分**も**結婚《けっこん》していると山田が言った。
　　　夏は暑い**が**、冬は暖かいと友達《ともだち》が言った。

引用の「と」があれば「名詞＋**は**」、「名詞＋**も**」、「文＋**が**」がいつも拡大文節の外かというとそうではない。次のようなケースはしばしば起きる。

(8)
a 岡本《おかもと》は田代《たしろ》が悪いと言った。
b 僕《ぼく》も父の言うことがおかしいと思った。
c 一雄《かずお》が知っているはずだが、知らないと言う。

原則V（モダルの原則）
被修飾《ひしゅうしょく》語がモダルの場合、その拡大文節は文頭から始まる傾向《けいこう》が非常に強い。（従って原則IIの例外になる。）

(9)
a チャンさんは来年中国に帰るらしい。
b 私はいい車が買いたいんです。
c キムさんは日本に留学するそうだ。
d 弟は日本へ行きたがっていますが行けないかもしれません。

モダルが使われていても、原則IIIがあてはまると例文dのように拡大文節が文頭から始まらない場合がある。

原則VI（対等接続詞の原則）
被修飾《ひしゅうしょく》語が対等接続詞の「しかし」、「だから」、「従って」、「けれども」、「ただし」、「ところが」等である場合、拡大文節はピリオドを越《こ》える。引用の助詞「と」やモダルの「のだ」も拡大文節がピリオドを越《こ》えることがある。

(10)
a 山田《やまだ》の家に行ってみた。しかし、山田《やまだ》は家にいなかった。

b　十年もかけて本を書いた。ところが、それが全然売れなかった。

c　何か変なことをしたのだろうか。どうして急に幸子《さちこ》の態度が変わったのか。どうもよく分からないと進《すすむ》は思いながら歩いていた。

d　体重が大分《だいぶん》減りました。一ヵ月ぐらい入院していたんです。

(10)cのようなケースは意識の流れ的な小説の文章ではよく出て来る。ここまで来ると、単に文法の知識ではどうにもならない。文章の中の意味上のまとまり（これを「**統括**《とうかつ》」と呼ぶ）を登場人物の「**視点**」の分布として見ることが必要になる。(10)cに即《そく》して言うと、進《すすむ》の視点がどこからどこまでかが分からないと、拡大文節が決められないのである。拡大文節は意味統括《とうかつ》上の単位だと言ってよかろう。

さて、慣れないうちは以上六つの原則を参考にしながら練習問題の拡大文節を探すことをおすすめする。練習問題は〔一〕で示した七つの型をその順序に従って出してある。練習問題をやり終えれば拡大文節をかなり自動的に探せるようになるはずである。本節を読むと、拡大文節は常に一律に決まるような印象を受けるかもしれない。事実、文脈中では拡大文節は一律に決まるのが普通《ふつう》である。しかし、書き手が修飾《しゅうしょく》部と被修飾《ひしゅうしょく》部をはっきり表現しないために拡大文節がどこから始まるか、あいまいになってしまうことがよくある。

(11)　a　ブラウンさんは論文を出したと去年言っていた。

b　ブラウンさんは去年論文を出したと言っていた。

(11)aでは引用の「と」の拡大文節は問題なく「論文を」からだろう。ところが(11)bでは、「去年」

からが有力だろうが、「論文を」からだとも考えられる。「去年」のあとに「、」があれば、「論文を」からになる。しかし、日本語の句読《くとう》点は言ってみれば成り行きまかせのところがあるので、たとえ、「論文を」からのつもりでも、「、」をつけないことが多い。そのために、あいまいさが度々《たびたび》生じる。上級の読みものになると、さまざまなあいまいさにぶつかり、拡大文節はむずかしいが興味のある問題になるのである。

〔三〕　拡大文節の認知はどうして重要か

どうして拡大文節の認知が大事《だいじ》なのか、その主な理由は四つある。

1　文は要素の単なる羅列《られつ》ではなく、その中のいくつかの要素がまとまって解釈《かいしゃく》上重要な文法・意味上の統括《とうかつ》的単位をなしている。この単位、すなわち拡大文節の認知が出来ないと文意は正しくとれない。

2　拡大文節を探すにはその基礎《きそ》として文法の正確な理解が必要なので、その過程を通して、有機的な文法関係の知識も正確になる。

3　日本語の構文は英語などとちがって、拡大文節の始まりが不明瞭《ふめいりょう》な場合が多い。大抵《たいてい》の場合、拡大文節は例文(2)のように、文の中央に埋《う》め込《こ》まれている。従って、英語などのように、類型の違《ちが》う言語に翻訳《ほんやく》をしようとすると、文字通《もじどお》り、右往左往《うおうさおう》しなければならない。とすると、拡大文節の認知は「翻訳《ほんやく》法」による日本語教育を廃《はい》して、日本語を日本語として読む方法を提供《ていきょう》するものとなる。

4　拡大文節の認知は従来の構文分析《パーシング》のような複雑な線引きをしなくてもよい。拡大文節の初めの語に印《しるし》をつけるか、全体に傍線《ぼうせん》を引くだけですむ。教師としては読み教材にあらかじめ拡大文節を探させる被修飾《ひしゅうしょく》語を宿題として出しておけばよいわけである。

拡大文節の認知を通して精読をする方法は執筆《しっぴつ》者の一人《ひとり》（牧野）が一九七九年に考えたもので、一九八〇年以降、イリノイ大学、ミドルベリー大学夏季日本語学校、ハーバード大学で実際に使ってきた。事のはじまりは、ミドルベリーの四年生にかつて日本語から英語への翻訳《ほんやく》を宿題に出していた時に、学生の犯す決定的な誤訳が、拡大文節の認知の失敗に因《よ》るものではないかということに気づいたことによる。それを確認するため、一九七九年の夏、同じ文章を使ってその英訳と拡大文節認知の両方の宿題を出してみたが、予想通り、誤訳の主《おも》なものはほとんどすべて拡大文節認定の誤りに基づくことが確認された。そこで、一九八〇年以降は翻訳《ほんやく》を一切《いっさい》やめて、速読以外の読み教材全《すべ》てに拡大文節の宿題を作って出し始めた。学生はほとんど例外なくこの方法を積極的に受け入れてくれたし、教師もこの方法により、徹底《てってい》的に日本語だけで構文分析《ぶんせき》が出来るようになった。学生の中には翻訳《ほんやく》家志望がいて、翻訳《ほんやく》をやりたがる者もいるが、授業では翻訳《ほんやく》以前の作業として必須《ひっす》の拡大文節の認知と、今までにも行われてきている語義のチェック、照応関係（例えば、代名詞の「これ」が何を指すか、というような問題）、文体の認知、内容質問などをすべて日本語だけで行ってきた。翻訳《ほんやく》は究極には翻訳《ほんやく》者が母国語をどれだけ使い切れるかという母国語使用能力の問題であり、日本語を日本語として日本人のように正確に理解することに最終目標を置くべきだと思われる。一言で言えば、拡大文節の正確な認知は精読の最も重要な条件の一つだということである。しかも、その認知が素早く出来るようになるためには初級のレベルからその練習をすることが肝要《かんよう》だろう。

第二章　拡大文節七つの型と練習問題

〔一〕名詞型拡大文節

1　名詞＋の＋名詞

例

a　これは先生の本です。

b　机の上のペンを取ってください。

c　これは私と妹の車です。

d　学生のリンさんは中国人です。

例文aの「本」の拡大文節は、第一章の原則II（7頁）に照らして、「先生」からで、構文の骨格は「これは本です。」である。例文bの拡大文節は「机」からである。もし「上」からだとすると、「机の」に対応する被修飾《ひしゅうしょく》語はなくなって、宙に浮《う》いてしまう。例文cの「私と妹」は「と」で並列《へいれつ》に結ばれているから「車」の拡大文節は「私」からである。dの「の」は同格の「の」で、もとはと言えば、「である」から来ている。「の」の意味は複雑で、例文の1aの使い方はその一部にすぎないことを注意しておく。

練習問題〔一〕の1

□内の被修飾《ひしゅうしょく》語の拡大文節に傍線《ぼうせん》を引きなさい。

1　わたしの大学は大きいです。(初)
2　きのう中国人の友達がわたしのうちに来ました。(初)
3　山《やま》田《だ》さんは夜十一時まで会社の仕事をしています。(初)
4　キムさんは日本の大学の先生に手紙を書きました。(初)
5　ここから両親の大阪《おおさか》のうちまで、車で一時間ぐらいかかります。(初)
6　ぼくのアメリカの車は、スミスさんの日本の車よりも大きいです。(初)
7　五分ぐらい前に、田中さんはプレイガイドにコンサートの切符を買いに行きました。(初)
8　きのうは初めて、オフィスのワープロでレポートを打ちました。(初)
9　先週の日曜日に駅の前のデパートのバーゲンセールで、このセーターを買ったんですよ。(初)
10　A「銀行のとなりのあの建物は何ですか。」
　　B「ああ、あれはフランス料理のレストランです。」(初)
11　ホテルの前にわたしの子供の先生が立っていらっしゃいます。(初)
12　A「あした、どこで会いましょうか。」
　　B「そうですね。朝九時ごろ銀座《ぎんざ》の三越《みつこし》の入口で待ちましょう。」(初)
13　A「今日《きょう》午後二時ごろ、どこにいますか。」
　　B「多《た》分《ぶん》、私の部《へ》屋《や》か、私の部《へ》屋《や》の右の部屋にいます。」(初)

14　A「すみませんが、日本語の授業はどこですか。」
　　B「たいてい五号館の二階の十番教室ですが。」（初）

15　A「けさのラジオのニュースを聞きましたか。」
　　B「ええ、アメリカのカリフォルニア州のサンタバーバラで、大きな地震《じしん》があったそうですね。」（初）

16　日本は島国で、九州、四国《しこく》、本州、北海道《ほっかいどう》の四つの大きな島がアジア大陸の東海岸に平行して、北東から南西に並《なら》んでいます。（中）

17　日本の大きさは、アメリカのカリフォルニア州の大きさと大体《だいたい》同じです。日本の人口はアメリカの人口の約半分だから、日本の狭《せま》さがよく分かるでしょう。（中）

18　東京《とうきょう》の本屋の数がいくつあるか知りませんが、多分《たぶん》世界一多いでしょう。もし本屋の数で国の教育の程度が計れるとしたら、日本の教育の程度も世界一ということになるでしょう。（中）

19　夏目漱石《なつめそうせき》の『門《もん》』を読むと、漱石《そうせき》の禅《ぜん》の修行の体験がよく分かる。逆に、禅《ぜん》の体験があると、『門《もん》』は自分に引きつけて読めるから、分かりやすいはずだ。（中）

20　A「すみませんが、南町《みなみちょう》一―七―十七番地はどの辺《へん》ですか。」
　　B「南町《みなみちょう》一―七―十七ね。たしか、この先の交差点の角《かど》の肉屋さんのとなりですよ。」（中）

21　A「英和辞典、どこに置きましたか。」
　　B「英和辞典？　ああ、あれはさっき机の横の本棚《ほんだな》の一番上に、和英辞典と並《なら》べて置きましたよ。」（中）

22　中国人が日本語を勉強すると、日本語の中に中国語の言葉が多いので、驚《おどろ》くし、安心もする。英語が母国語である人や英語が分かる人も、日本語を勉強すると、日本語の中に英語の言葉が多いから、驚《おどろ》くし、安心もする。しかし、日本語の中の外国語は発音も意味も中国や英語のとかなり違《ちが》うから気をつけなければならない。（中）

23　ラッシュアワーの、あの満員電車の中で、大勢の日本人が、新聞や週刊誌や本を読んでいるのを見ると、日本人の読書欲に感心してしまう。しかし、一体《いったい》どんなものを読んでいるかは外国人の私には全然分からない。（中）

24　日本のサラリーマンは、世界の出来事や社会の出来事について自分の意見をあまり持っていないようだ。新聞やテレビや雑誌にだれかの意見が出ていると、それをそのまま自分の意見として使ってしまうらしい。（中）

25　日本はすでに高度な情報化社会を作りあげている。戦後の著しい経済成長の基礎《きそ》を作った日本の会社も、一九八五年あたりから、円高《えんだか》の圧力のため、情報化による大幅《おおはば》な組織《そしき》がえを求められている。コンピューター、特に、人工知能の力で製品の予約、生産からその発送、配《はい》達《たつ》の細部に到《いた》るまで制御《せいぎょ》し始めている。二十一世紀《にじゅういっせいき》には人間がゼロかそれに近い生産工場が可能になるかもしれないのである。この情報化は個々の会社内だけでなく、会社間、さらには人工衛星による国際的な情報化を可能にしている。（上）

26　私にはとても不思議なことがある。それはなぜ人はすぐどこから来て、どこへ行くかを聞くかということである。初めて人に会うと、大抵《たいてい》、「どちらからですか」と聞かれる。「東京《とうきょう》からです」と答えると、多分《たぶん》その人の頭の中には東京《とうきょう》の人というステレオタイプが出来上るのだろう。人に道で会うとよく、「どちらへ？」と聞かれる。「いや、ちょっとそこまで」

という決まり文句《もんく》で逃《に》げるわけだが、どうもすっきりしない。日常のレベルではよく出るこの質問も、日本では、形而上《けいじじょう》的なレベルでは、大変出にくいのも、興味深い。(上)

27

「文化」には人さまざまな解釈《かいしゃく》があるが、私に最も魅力《みりょく》のある定義は、それを「社会の中で自分の手によって創《つく》られ、社会の成員に分有《ぶんゆう》され、社会によって伝承《でんしょう》、伝播《でんぱ》される生活様式だ」とする定義である。この定義の中の「社会」を生物学的な「類《るい》」という言葉におきかえると、文化は人類だけでなく、動物類にも植物類にもあることになり、より興味深い文化の観察が出来る。人間にだけ文化があるという考えはあまりにも人間中心の独善的な考えであろう。(上)

28

日本人はよく相手中心だと言われるが、はたしてそうなのだろうか。もしその通りだったら、日本ほど住みやすい国はないことになろう。しかし、現実には日本は決して理想郷ではないところを見ると、そのような文化的判断の根拠が何なのか、好奇心《こうきしん》にかられる。たしかに、同じ集団、すなわち「ウチ」の中では相手中心の言動が多いことは事実のようだ。しかし、他の集団、すなわち「ソト」の集団の成員《せいいん》に対して日本人は相手中心どころか、我関《われかん》せずの態度が普通《ふつう》である。とすると、日本人がいつも相手中心であるかのように主張するのは間違《まちが》いではないかという疑問が出てくるのである。時間的、量的に相手中心でない言動の方が相手中心の言動より長くて、多いことだって十分《じゅうぶん》あり得るのではないか。(上)

29

日米の経済戦争のキーワードは「内需拡大」と「市場《しじょう》開放」の二つであろう。どちらもアメリカの視点で、日本の改善すべき点を要約した言葉である。日本国内の需要を高めれば自然と対米輸出は減るだろうし、日本の市場《しじょう》がもっと開放されれば、アメリカの対日輸出は増加するだろうという至《いた》って楽観的な見方である。楽観的と言ったわけは、アメリカは負債《ふさい》の責任を一方《いっぽう》的に日本に負わせることが出来ると考えているらしいからだ。日本の視点からは日米経済戦争のキーワードは「品質管理《ひんしつかんり》」と「国民の貯蓄増進《ちょちくぞうしん》」などであろうが、これはどうも無視されているようだ。日本の市場《しじょう》開放は流通機構の改革という、ほとんど文化革命のようなものを前提としているので、至上命令で市場《しじょう》開放が急に起こるわけがないのである。（上）

30
昨年の秋から三カ月ばかり「近くて遠い国」の韓国に滞在した。そして、たしかに距離《きょり》的には近いのに、日本とはかなり深い所で違《ちが》っているという印象で帰って来た。違《ちが》いの一番大きい点は物事の見方が日本のように微視《びし》的でなく、巨視《きょし》的な点ではないかと思われる。日本の文化は、李御寧《リオンリョウ》が指摘《してき》したように、「縮《ちぢ》みの文化」的性格が強く、物事を近距離《きょり》から微視《びし》的に見たり考えたりする傾向《けいこう》が強い。細かな点に細心《さいしん》の注意を払《はら》うことが多い。韓国《かんこく》の文化は、「ケンチャナヨ」（構わない）の連発《れんぱつ》で象徴《しょうちょう》されるように、小さなことにこだわらず、大きく物事を見たり考えたりする文化でないかと思えた。道幅《みちはば》の広さ、がっしりしたレンガのへい、途方《とほう》もなく広い広場、広々とした大学キャンパス——空間の構成の規模が日本とは比較《ひかく》にならない程大きい。半島はやはり大陸につながっていて、その心理的影響《えいきょう》も無視出来ないように思えた。（上）

31
アメリカの三大ネットワークの一つのCBSのニュースキャスター、ダン・ラーザーが夕方のニュースで副大統領を特別にインタビューした時のことである。通常アメリカの三十分《さんじっぷん》ニュースの時間の配分はニュース一つあたり約三分《さんぷん》なのだけれど、この日は十五分《じゅうごふん》以上にわたり、インタビューが続いた。ラーザー氏は副大統領がイラン・コントラ事件に関与《かんよ》していたか否《いな》かに焦点《しょうてん》をおいていたのに対し、副大統領はインタビューを選挙演説《えんぜつ》の機会と考え、自己宣伝に焦点《しょうてん》をおいていたために、両者の会話は混線し、同時発話がしばしば起きた。翌日の新聞ラジオ・テレビはラーザー氏が副大統領に対してジャーナリストの職権を乱用して、大変失礼だったという意見が出た。ラーザー氏はラーザー氏でその日の夕刻《ゆうこく》のニュースで、副大統領の地位を蔑視《べっし》するつもりはさらさらない、ジャーナリストとして真実を追求したに過ぎないと釈明した。（上）

2　名詞＋助詞＋の＋名詞

例　a　東京《とうきょう》でのオリンピックは一九六四年でした。

　　b　その時私は母からの手紙を読んでいました。

名詞＋助詞は「の」によって次に来る名詞と合体《がったい》して拡大文節を作る。従って、a、bの被修飾《ひしゅうしょく》語「オリンピック」と「手紙」の拡大文節は、それぞれ、「東京《とうきょう》」と「母」からである。この構文の「の」の使い方は対応構文のない言語の学習者は注意を要する。

練習問題〔一〕の2

□内の被修飾語《ひしゅうしょくご》の拡大文節に傍線《ぼうせん》を引きなさい。

1　京都《きょうと》への旅行はとてもよかったです。（初）

2　パーティーには大学からの人がたくさん来ました。（初）

3　A「どこまでの切符を買いましたか。」

4　B「私は広島《ひろしま》までの切符を買いました。」（初）
A「一枝《かずえ》さんと結婚《けっこん》するつもりですか。」
B「いいえ、一枝《かずえ》さんとの結婚は考えていません。」（初）

5　僕達《ぼくたち》のチームはW大学のチームとの試合に負けてしまいました。（初）

6　東京《とうきょう》タワーからの富士山《ふじさん》の眺めはとてもきれいでしたよ。（初）

7　きのう日本語の授業で第十課《だいじっか》までの試験がありました。（初）

8　A「もしもし、ビールを二ダースとどけてください。」
B「すみません。電話でのご注文はお受け出来ませんが。」（初）

9　A「先生の中には学生からの質問が嫌《きら》いな先生もいますね。」
B「でも学生への質問はみんな好きなようですね。」（初）

10　A「ここから駅までは近道がありますか。」
B「いいえ、駅までの近道はありません。」（初）

11　A「東京《とうきょう》からのエアメールはどのくらいかかりますか。」
B「四日《よっか》ぐらいかかりますよ。」（初）

12　リサは七月一日《しちがつついたち》から大阪《おおさか》の会社で英語を教えることになっている。今日《きょう》はそのために、会社の係りの人との打ち合せがあった。何しろ初めてなのでとても心配だ。（中）

13　パクさんは日本の大学院で日本歴史を専攻《せんこう》する前に三年間ソウルの大学で日本語を勉強したことがある。その時の韓国《かんこく》での勉強が日本で大変役に立った。（中）

14　フィリピンで知り合ったビジネスマンから今年《ことし》の夏二週間ばかり日本へ遊びに行きたいと言って来た。彼《かれ》からの手紙は久しぶりだ。私がフィリピンにいた時大変世話になったビジネス

マンだ。家にとめて、色々な所に連れて行ってあげようと思う。（中）

15　日本の文化とことばが分かるためには欧米《おうべい》の文化とことばとの比較ではよく分からない。お隣《とな》りの韓国《かんこく》との比較、対照が一番いいようだ。（中）

16　東京《とうきょう》の大気汚染は最近はあまりひどくない。六十年代から七十年代の終わりごろまでは東《とう》京《きょう》から富士山《ふじさん》が見える日は西北からの風が強い日ぐらいだったろう。（中）

17　私達《たち》は自分のことばの文法《ぶんぽう》についてほとんど何も知らない。だから、外国人に急に文法《ぶんぽう》についての質問をされると困ってしまう。（中）

18　日本人はどうも外国語は目で覚えるものだと思っているらしい。私は英語やフランス語やドイツ語を日本で勉強したことがあるが、どれも読むことだけをやった。日本人はもっと耳からの外国語教育に力を入れなければならないだろう。（中）

19　日本人が車の免許《めんきょ》を取るのは大変だ。時間とお金がかかる。初めは路上での実地運転はさせてもらえないで、教室で先生の話を聞いたり、本を読んだりして、車の運転の方法、交通法規、車の構造などを習う。これが終わってもまだ実地運転をさせてくれない。教習所の中の道路での実技がつづくのである。（中）

20　大抵《たいてい》、私達《たち》が「日本人は……」とか、「韓国《かんこく》人は……」とか「フランス人は……」と言う時に、日本人、韓国《かんこく》人、フランス人についてのイメージがそこにある。そのイメージの大事《だいじ》な部分はいわゆる固定観念であって、かなりの人に共有され、ものの考え方をコントロールしている。

21　日本では子供の母親への甘えがアメリカの子供より強いようだ。アメリカでは母親が子供を追いかけている場面が多いのに、日本では逆に、子供が母親を追いかけている場面が多いと

22 言われる。しかし、どうして違《ちが》うのかは誰《だれ》にも分からない。（中）
日本人の学生がアメリカに来て驚《おどろ》くことの一つは、小学生から大学生まで、教室での行儀が悪いということだ。日本ではあごに手をあてたり、チューインガムをかみながら先生の話を聞くのはもってのほかだろう。しかし、教室での行儀作法が全くないかというとそうでもないのだ。先生の話を聞くのにどんな姿勢をしていてもよいが、聞いていなかったり、聞くのを邪魔《じゃま》したりするのは、アメリカでも、教室での作法に反《はん》するのである。（上）

23 アメリカ人が好んで使う言葉の中に“take a chance”という慣用句がある。日本語にすると、「どうなるか分からないが、一《いち》か八《ばち》か思い切ってやってみる」という意味だろう。ビールを二《に》、三杯《さんばい》ひっかけてから車を運転するのも“take a chance”だし、月の世界へロケットを打ち上げるのも“take a chance”であろう。そこには様々な質の未知の世界への冒険心が潜《ひそ》んでいるのである。それに対して、日本語には、「石橋《いしばし》をたたいて渡《わた》る」という諺《ことわざ》がある。石橋《いしばし》は木の橋《はし》より丈夫《じょうぶ》なはずなのに、その橋《はし》をたたいて、安全かどうかを確かめながら渡《わた》るという意味で、“take a chance”とは正反対の意味である。そこにはどうも未知の世界へのちゅうちょがあるように思えてならない。（上）

24 きのう家に帰ったら差出人《さしだしにん》の名前のない手紙が来ていた。こんな誰《だれ》からの手紙か分からない手紙などをもらったのは初めてだ。不思議に思って、開封《かいふう》したら、「あなたの死んだ妻より」とあり、その前に三段落の奇妙《きみょう》な文章が書いてあった。生前はあなたは本当によい夫だった、いつも天国からあなたの生活を見ている、神様は私にこうしてこれから毎年一度あなたに手紙を出してくださる、といった文面。この天国からの手紙の筆蹟はまぎれもなく、十二年前に交通事故で死んだ妻ゆかりの筆蹟《ひっせき》だった。この不思議な、ゆかりからの手紙への返事

はどうしたら出来るのだろうか。（上）

25　息子《むすこ》たちを初めてフランスの小学校に連れて行った時のことだ。登校して来た生徒たちは教室に入る前にまず中庭に集まり、お友達《ともだち》とふざけたり、おしゃべりに興《きょう》じたりして、中庭全体がワイワイガヤガヤととてもにぎやかだった。そうやって全員集合までの小一時間、どんなに雨が降《ふ》っていようと、どんなに寒かろうが、中庭で待っているのだ。息子《むすこ》たちは、日本での経験に照して、日本の小学校との大きな差異にカルチャーショックを味わったようだった。（上）

26　私の家にはもう十五、六歳《さい》になるシャム系の猫《ねこ》がいる。猫《ねこ》はどうも私の性分《しょうぶん》に合わず大嫌《だいきら》いだった。ところが八年ばかり前留守《るす》中にあずけておいた、四《し》、五《ご》キロ離《はな》れた人の家から帰って来たのだ。この時から私の猫観はがらっと変わり、愛猫家《あいびょうか》になってしまった。本能とは言え、一週間もかけて、試行錯誤《しこうさくご》の長旅をして最後にわが家《や》にたどりついたことに私はひどく感動してしまったのだ。ホモサピエンスと非ホモサピエンスとの近似性を考え始めたのもわが家の猫《ねこ》の、この快挙からのことである。（上）

3　形容詞＋名詞（関係節）

例

a　きのうおもしろい映画を見ました。

b　あそこに立派な家が立っています。

c　あの、足が長い人はだれですか。

d　野球が好きな日本人は多いです。

例文ａの「映画」の拡大文節は第一章の原則Ⅰ（５頁）に照らして、「おもしろい」からである。「きのう」は、言うまでもなく、動詞「見ました」の修《しゅう》飾《しょく》語である。同様に、例文ｂの「家」の文節は「立派な」からである。例文ｃ、ｄはａ、ｂとちがって、その拡大文節の中に形容詞ばかりでなく、それを限定する要素も含《ふく》んでいる。

練習問題〔一〕の３

□内の被《ひ》修《しゅう》飾《しょく》語《ご》の拡大文節に傍線《ぼうせん》を引きなさい。

1　Ａ「中山《なかやま》さんの大学はどんな大学ですか。」
　　Ｂ「私の大学は大変大きい大学です。」（初）

2　Ａ「どんなアパートに住んでいますか。」
　　Ｂ「とても広くて、安いアパートに住んでいます。」（初）

3　Ａ「どんな男の子と結婚《けっこん》したいですか。」
　　Ｂ「そうですね。ハンサムな男の子と結婚《けっこん》したいですね。」（初）

4　Ａ「もしお金《かね》があったら、どんな所に行きたいですか。」
　　Ｂ「お金があったら、一年中《じゅう》暖かい所に行って、毎日ゴルフをしたいです。」（初）

5　きのう、初めて、新しい車を買いました。この新車は小さくて、かわいい車です。二人《ふたり》しか乗れません。（初）

6　Ａ「おととい行きましたね。ほら、あの大きくて、立派なレストラン。名前を覚えていますか。」（初）

B「いいえ、すみませんが忘れました。」(初)

7 むかし、むかし、あるところにおじいさんとおばあさんがいました。ある日、おじいさんが竹林《たけばやし》で竹を切ると、中からとても小さい、かわいい女の子が出て来ました。(初)

8 A「夏はどんなものが飲みたいですか。」
B「そうですね。つめたいものが飲みたいです。」(初)

9 雨の日は静かな部屋で、クラシック音楽を聞きながら、おもしろい漫画を読むのが好きです。(初)

10 毎日忙《いそが》しい生活をしていると、これでいいのだろうかと思うことがあります。(初)

11 日本のはしは短くて、軽いはしですが、中国や韓国《かんこく》のはしは長くて、重いはしです。(初)

12 A「あそこの、髪《かみ》の黒い、きれいな女の人はだれですか。」
B「あれは妻です。」(初)

13 アメリカ人の中にも魚が好きな人がいます。日本人の中にも肉が好きな人がたくさんいます。(初)

14 私は話が上手《じょうず》な人がうらやましいです。本当に話が下手《へた》ですから。(初)

15 私の学生の中には勉強が嫌《きら》いな子が多くて困っているんです。どうしたらいいでしょうか。(初)

16 人によって好みはもちろんちがう。ある人は気候の寒い所が好きだろうし、ある人は気候の暑い、熱帯のような所が好きだろうし、寒くも暑くもない所が好きな人も多いだろう。しかし、現実には、好きな所に住んでいる人は非常に少ないだろう。(中)

17 日本語を勉強している学生は漢字を覚えるのが大変のようだ。それでも形が絵のような漢字は覚えやすいようだ。この間、日本語をちょっとだけ自分で勉強したアメリカ人が、「女」という漢字は女の人が座っている時に組んでいる足のようだと言った。もともと絵から出来た象形《しょうけい》文字《もじ》は少ないが、学生が自分で象形《しょうけい》文字《もじ》を作っているのはおもしろい。（中）

18 外国語を勉強する時はどうしても辞書が必要だ。しかし、外国人にいい辞書はほとんどない。日本にも、日本人にとっていい辞書はあるのだが、外国人にいい辞書はほとんどない。英語のネイティブスピーカーが英和辞書を使うと、読めない漢字が多いし、適切な例文がないから、使い方もよく分からないのである。（中）

19 たばこを吸う人の中には大して好きでもないのに吸う人が大勢いるようだ。しかし、たばこを吸うのが本当に好きな人もかなりいる。たばこを吸うと、気分がよくなり、よく考えられるそうだ。本当においしそうな吸い方をしている人を時々見かける。そんな人はたばこを吸っても大丈夫《だいじょうぶ》なのだろう。（中）

20 『アマデウス』という映画は三度も見てしまった。あの映画はラストシーンがとても悲しい映画だ。天才のモーツァルトが共同墓地にうめられてしまう。音楽は無邪気《むじゃき》で、そして美しいモーツァルトのピアノコンチェルトK四六六番の第二楽章が鳴る。観客は映像がなくなっても、コンチェルトの最後の音が消えるまで座っている。（中）

21 一番欲しい物は何だろうか。お金だろうか。健康だろうか。才能だろうか。子供だろうか。美しさだろうか。頭のよさだろうか。立派な家だろうか。スポーツカーだろうか。愛だろうか。もっと一般《いっぱん》的な幸福だろうか。生活が楽しい条件は何なのだろうか。（中）

22 韓国《かんこく》のソウルに行って驚《おどろ》いた。ソウルは小さな国の首都《しゅと》だから、さぞかしせせこましい町だと思っていた。ところが、そうではなく、幅広《はばひろ》い道が縦横《じゅうおう》に走っていたし、棟《むね》と棟《むね》との

23

間が十分《じゅうぶん》広い高層アパートがゆったりと並《なら》んでいた。大学のキャンパスも延世《えんせい》大学をはじめ、四《し》、五《ご》校見たが、そのたたずまいがゆったりしていた。一九八七年の大統領選挙演説《えんぜつ》会場に使われたヨイドゥ広場の途方《とほう》もない広さは日本は勿論《もちろん》のこと、広大な面積を誇《ほこ》るアメリカでも見たことがない。絶対面積では小さい韓国の首府は韓国《かんこく》人の不思議な空間処理で生まれた一種の錯覚《さっかく》なのだろうか。（上）

日本は平均寿命《じゅみょう》が世界で一番長い国として知られている。一九八七年八月の厚生省の発表によると、一九八六年の平均寿命《じゅみょう》は前年に較《くら》べまた延びて、男性が七五・二三歳《さい》、女性が八〇・九三歳《さい》である。平均寿命《じゅみょう》が長いことはそれ自体よろこばしいことには違《ちが》いないが、ただよろこんでいる訳《わけ》には行かない。平均寿命《じゅみょう》が長いということは、とりもなおさず、社会の高齢化《こうれいか》を意味し、それは、さまざまないわゆる「老人問題」を生む。過去十年の社会保障費の急激《きゅうげき》な増加は目を見張らせるものがある。おそらく、今年《ことし》（一九八八年）の社会保障費は四十兆円を越《こ》しているのではないだろうか。若年層《じゃくねんそう》の税負担は老齢化《ろうれいか》とともに進み、このままで行くと自分達《たち》よりも老人を養うために働く――そんな事態になりかねない。寝《ね》たきり老人、停年延長のような高齢化《こうれいか》社会の困難な問題を背負《せお》った日本は世界に先がけて老人問題を解決して行かなければならない。（上）

24

朝日新聞（一九八八年二月二日付）の「天声人語」欄《らん》によると、日本の若い女性の重いアルコール依存症《いぞんしょう》――俗に言う「アル中」――がふえているそうだ。総理府の調査によると、この十九年間で、酒を飲む女性が一気《いっき》に二四％もふえて、四三％になり、その中の約二割は「ほとんど毎日」飲むという。年齢《ねんれい》的にも、五、六年前までは三、四十代の主婦のアル中が目立《めだ》ったが、最近は二十代の若い女性が目立《めだ》つそうだ。医師の話では、男性より女性の方が

25

短い期間に肝硬変《かんこうへん》などの重い病気になりやすい。それは女性の方がアルコール処理能力が生《せい》物学的《ぶつがく》に劣《おと》るからだそうだ。私にはこの生物学的《せいぶつがく》な性差を否定する根拠《こんきょ》はないのだが、女性は酒に関して性差別を受けていたことは事実だろう。「女だてらに酒を飲む」という性差別を表す言葉は昔《むかし》よく聞かれた。男性は会社がひけると、バーや飲み屋に行って酒を飲む。女性が職場に進出するにつれ、女性の飲酒がふえるのは、性差別の縮小の皮肉な現象なのではあるまいか。案外、女性も、何十年も、激《はげ》しい飲み方を習慣として続ければ、アルコールに対してある種の抗体《こうたい》が出来るのではないだろうか。妊娠《にんしん》中の女性が酒にひたるのは胎児《たいじ》への悪影響《あくえいきょう》があり、悪いに決まっているが、アル中の現象を性差別の一環《いっかん》として考えてみることも必要であろう。（上）

よく言われることだが、日本人は顔が日本人のような外国人の口からは日本語が出て来ることを当り前と思い、顔が日本人らしくない外国人――特に西洋人がこのカテゴリーに属する――の口からは日本語が出て来る筈《はず》はないと思っているようだ。アメリカの日系人《にっけいじん》が日本へ行くと、日本人にどうして日本語が話せないかとけげんな顔をされる。一方《いっぽう》、日本語の堪能《たんのう》な白人のアメリカ人が日本に行くと、どんなに巧《たく》みな日本語を使っても、応答が英語――それもおそろしくたどたどしい英語――で返ってくる。それだけでない。日本語に巧《たく》みな白人の西洋人は「変な外人」と呼ばれたりする。どうして「変な」かと言うと、日本語をしゃべる顔をしていない人間が日本語をしゃべるからだ。何でも慣れていないことを変だと思うのは人情《にんじょう》で、日本人がもっと、「変な外人」に毎日会うようになれば、変でなくなるにちがいない。（上）

4　動詞＋名詞（関係節）

例
a　あそこでコーヒーを飲んでいる人はだれですか。
b　あしたはおととい図書館で借りた本を読みます。
c　きのう、東京《とうきょう》に来たアメリカ人の友達に会った。
d　ここに映画を見たい人がいますか。

3でも関係節を扱《あつか》ったが、4の関係節は「動詞＋名詞」で、このような語順のない言語のネイティブスピーカーにとっては難しい構文である。例文aの「人」の拡大文節は文頭からである。副詞句「あそこで」は「飲んでいる」を修飾《しゅうしょく》しているから第一章の原則Ⅰに照らして拡大文節の中になる。例文bでは文頭の「あした」は文末の「読みます」を修飾《しゅうしょく》しているし（↑原則Ⅰ）、「あした」は「は」が付いている（↑原則Ⅱ）から、拡大文節の外である。もう一つの副詞「おととい」は被《ひ》修飾《しゅうしょく》語「本」の前の「借りた」を修飾《しゅうしょく》しているから拡大文節の中である。例文cの「友達《ともだち》」の拡大文節は「きのう」のあとに「、」があるから、原則Ⅱで、「東京《とうきょう》」からになる。もし、「きのう」のあとに点がなかったら、「きのう」はまず拡大文節の中になるが、外の可能性もある。ただし、話しことばだったら抑揚《よくよう》がC―1なら中、C―2なら外ということになる。

（C―1）

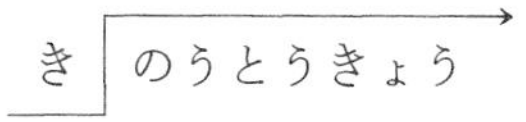

（C―2）

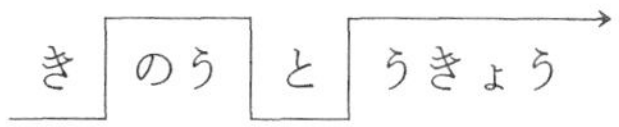

例文dの被《ひ》修飾《しゅうしょく》語「人」の前の「見たい」は厳密に言うと形容詞だが、本書では動詞の派生形の一種と考える。「ここに」は「います」

を修飾《しゅうしょく》しているから拡大文節は「映画」からである。

練習問題〔一〕の4

□内の被修飾語《ひしゅうしょくご》を修飾《しゅうしょく》する拡大文節に傍線《ぼうせん》を引きなさい。

1　A「私がおととい貸した本をもう読みましたか。」
　　B「いいえ、まだです。」（初）

2　私は友達《ともだち》が貸してくれたペンをなくしてしまいました。（初）

3　あした日本のことを話す学生は二年間日本に行っていました。（初）

4　私はジョンがデートした女の子をよく知っています。（初）

5　スミスさんは百万円でベーツさんから買った車を百五十万円で売りました。（初）

6　ジェーンはパクさんが作ってくれたブルコギを食べました。（初）

7　ぼくはのどがかわいたから冷蔵庫にあったオレンジジュースを飲みました。（初）

8　学生は夏休みの間に先学期習ったことを全部忘れてしまったようです。（初）

9　古山《ふるやま》さんは今田《いまだ》さんが三年前にやめた会社につとめています。（初）

10　ジェーンはきのうボブにもらったバラの花を今日《きょう》花びんにさしました。（初）

11　何かを考えながら、雪の降《ふ》る日に、一人《ひとり》で歩くのが好きです。（初）

12　A「きのう図書館で会いましたよね。あの時書いていたレポートは何でしたか。」
　　B「ああ、あれは今日《きょう》までに出さなければならない日本文学のレポートでした。」（初）

13　A「今日《きょう》プールで一緒《いっしょ》に泳いでいた女の子は誰《だれ》ですか。」

14 B 「ぼくの妹です。」（初）
A 「鈴木《すずき》さんも私達《わたしたち》がいたんだえびを食べたレストランでえびを食べたそうですよ。」
B 「じゃあ、鈴木《すずき》さんも入院したでしょうね。」（初）

15 町の本屋に加藤《かとう》先生がお書きになった日本歴史の本が出ていました。（初）

16 小さい車は経済的でいいでしょうが、松田《まつだ》さんが乗っている車は小さすぎます。（初）

17 A 「チェンさんが飲みたい飲み物は何ですか。」
B 「私ですか。牛乳です。」（初）

18 フランス人によると小川《おがわ》先生が話すフランス語は大変きれいだそうです。（初）

19 日本のマンションはオクションと言って、とても高いそうですが、私のタイ人の友達《ともだち》が下《げ》宿《しゅく》しているマンションはあまり高くないと言っていました。（初）

20 私はアメリカでは色々な所へ行きましたが、その中で一番いいと思った所は、やはり、ロマンチックな、海と坂と霧《きり》の町サンフランシスコです。（初）

21 今朝《けさ》行ったスーパーにつとめている奥さんから電話がかかってきて、あした肉の安売りがあるから、是非《ぜひ》買いに来て下さいとのことだった。きっとオーストラリアかアメリカから輸入した肉なのだろう。主人も子供達《たち》も肉が大好きだから、あしたは安い肉を買って、久《ひさ》し振《ぶ》りにすきやきでもしようかと思う。（中）

22 先日《せんじつ》の会食で食べた魚か何かがくさっていたらしく、大勢の人が気分が悪くなった。一時入院していた人達はようやく今日《きょう》三日《みっか》振《ぶ》りに退院した。県の衛生課で精密な調査をしたが、今のところ原因不明である。（中）

23 私は先週末《せんしゅうまつ》友達《ともだち》と京都《きょうと》の町を方々《ほうぼう》見て歩きました。六、七時間も歩きましたが、今まで見たことのない所ばかりだったので、時間がたつのを忘れるほどでした。沢山《たくさん》のお寺や庭園を見たわけですが、何と言っても、最後に訪れた西芳寺が最高でした。夕方の太陽の光が紅葉した葉に当り、美しく輝《かがや》き、苔《こけ》に葉の陰《かげ》が映っていました。（中）

24 東京《とうきょう》には日本の全人口の約十分《じゅうぶん》の一、千二百万人が住んでいる。文化、経済、政治、教育の中心である東京に人が集まって来るのは分かるが、そのために東京《とうきょう》の土地と家は普通《ふつう》のサラリーマンには手が出なくなっている。東京《とうきょう》の政治機関を地方に移すという話もあるようだが、簡単に実現しそうもない話だ。（中）

25 あしたは日本社会学の中間試験があるので今日《きょう》は試験の問題に出そうな所を一日中《いちにちじゅう》勉強していた。ふだん試験でない時には読みたくなる本も試験のためだとつまらなくなる。（中）

26 私はアメリカの政治学者のジャクソン氏に会った時、日本の政治の変化について話したことがある。ジャクソン氏は大学院生だった時に日本に来て以来、合計十年以上日本で日本の政治を研究している政治学者だ。彼《かれ》によると、日本の政治ほど安定した政治はないそうだ。

27 韓国《かんこく》人にとって日本語は英語よりずっと習いやすい言語だ。それは韓国《かんこく》語と日本語は文法が大変よく似ているからだ。日本人にとっても韓国《かんこく》語は英語よりはるかに勉強しやすい言語だ。お互《たが》いに隣《とな》りの、比較的易《ひかくてきやさ》しい言語を第一外国語として勉強したらいいと思う。（中）

28 アルファベットを文字《もじ》として使っている僕にとって、漢字はとても面白《おもしろ》い。漢字には物の形を絵に画《か》いて、それを文字《もじ》にした象形文字や、物の位置や数を字にした指事文字や、象形《しょうけい》文字と指事文字《しじもじ》を二つ、三つと合せて出来る会意文字や、二つの文字《もじ》を合せて一つは意味を、もう一つは発音を表す形声文字などがある。アルファベットの文字《もじ》は音《おん》を表すが意味を表さない。しかし、漢字は文字《もじ》と意味の間に関係がある所がユニークだ。（中）

29 日本列島は北東から南西にアジア大陸の東海岸に平行して細長く一列に並《なら》んでいる四つの大きな島から出来ている。その長さは南北三千キロメートル（千八百六十マイル）で南は亜熱《あねっ》帯《たい》、北は極寒《ごっかん》に近い。しかし、東京《とうきょう》から南の太平洋岸にある地域は冬でも温暖で、生活しやすい。（中）

30 日本のバスや電車に乗って、まわりの人達《たち》を見回《みまわ》すと、たいていの人が週刊誌とかスポーツ新聞とか受験参考書とか漫画《まんが》とか単行本《たんこうぼん》を熱心に読んでいる。大学を出たと思われるサラリーマンをはじめ、現在大学で勉学している学生に至るまで、誰《だれ》もが熱心に何かを読んでいるのだ。それは日本人の読書欲の強さのためかもしれないが、私は通勤・通学時間が長いからだと思う。片道一時間以上かかる通勤・通学だと、だれだって何か読みたくなるのではないだろうか。（中）

31 日本人の中には、このごろ、西洋から学べるものはないなどと思っている人が多いらしい。そんな声がラジオ、テレビなどでよく聞かれる。たしかに日本のテクノロジーは戦後長足《ちょうそく》の進歩をとげ、西洋のレベルに追いついたのだが、それは生産と関係のあるテクノロジーであって、生産と一応無関係な基礎《きそ》研究ではない。日本は基礎《きそ》研究の面では、欧米《おうべい》に学ばなければならないことが多いはずだ。（中）

32 「日本では今の科学の成果だけを受け取ろうとして、この成果をもたらした精神を学ぼうとしない。」ベルツ（明治九年から二十九年まで東大《とうだい》で医学を教えたドイツ人。）（中）

33 「生まれたものには死がかならず来る。死んだものはかならずまた生まれる。さけられないことをなげいてはいけない。」マハーバーラタ（紀元前《きげんぜん》二〇〇年ごろのインドの詩《し》から。）（中）

34 「人間は一本《いっぽん》の葦《あし》にすぎない。自然の中で一番弱い葦《あし》にすぎない。しかし、それは考える葦

だ。」パスカル（フランスの哲学者（一六二三―六二）の書いた『パンセ』から）（中）

35 「本当の暇《ひま》とは私達《たち》の好きなことをする自由であって、何もしないということではないのです。」ショウ（イギリスの劇作家《げきさっか》。一八五六―一九五〇）（中）

36 風はない。月は満月に近く明かるいが、しめっぽい夜気《やき》で、小山《こやま》の上を描《えが》く木々《きぎ》の輪郭はぼやけている。しかし、風に動いてはいない。

信吾《しんご》のいる廊下《ろうか》の下のしだの葉も動いていない。鎌倉《かまくら》のいわゆる谷《やと》の奥《おく》で波《なみ》が聞こえる夜もあるから、信吾《しんご》は海の音かと疑ったが、やはり山の音だった。

遠い風の音に似ているが、地鳴《じなり》とでもいう深い底力があった。自分の頭の中に聞こえるようでもあるので、信吾《しんご》は耳鳴りかと思って頭を振《ふ》ってみた。（川端康成《かわばたやすなり》『山の音』）（上）

37 八畳《じょう》の南側の縁《えん》で、その西はずれに便所がある。男便所の窓が西に向かって開かれ、用を足しながら、梅《うめ》の木の間を通して、富士山《ふじさん》を大きく眺《なが》めることが出来る。ある朝、その窓の二枚の硝子戸《がらすど》の間に、一匹《いっぴき》の蜘蛛《くも》が閉《と》じ込《こ》められているのを発見した。昨夜《さくや》のうちに、私か誰《だれ》かが戸を開けたのだろう。一枚の硝子《がらす》にへばりついていた蜘蛛は、二枚の硝子板《がらすいた》が重なることによって幽閉《ゆうへい》されたのだ。足から足三寸《さんずん》ほどの、八畳《じょう》にいるのと同種類の奴《やつ》だった。硝子《がらす》と硝子《がらす》の間には彼《かれ》の身体《からだ》を圧迫《あっぱく》せぬだけの余裕があっても、重なった戸のワクは彼《かれ》の脱出《だっしゅつ》を許すべき空隙を持たない。（尾崎一雄『虫のいろいろ』）（上）

38 「文化」をどう考えるかは人さまざまであろう。ある人はドイツ流の文化哲学の影響《えいきょう》を受けて、人間精神の創造《そうぞう》的産物という高い次元の現象を考えるだろうし、ある人は生活様式という基礎《きそ》的な次元の現象を考えるだろう。私の文化観は後者に属する。人それぞれ癖《くせ》があるが、「文化」というのは人の集団によって成り立つ社会の癖と考えてもよかろう。行動の癖《くせ》と思考・認識の癖《くせ》を合わせたものが文化というものではないだろうか。集団行動をする癖も視覚中心の認識を好む癖も日本人が長い歴史の間に知らず知らずに身につけてしまった癖なのであろう。「癖《くせ》」の漢字には病垂《やまいだ》れがあるように、なおりにくい病気のようなものなのである。（上）

39

日本では今盛《さか》んに国際化時代という言葉が使われている。大変結構なことではあるが、気になることがある。どうも自主的に国際化して行こうというのではなく、江戸《えど》末期《まっき》の黒船《くろふね》の来航により開国を余儀《よぎ》なくさせられた場合と酷似《こくじ》している受身的な「国際化」なのではないかという懸念《けねん》である。世界が情報化のため小さくなり、経済的関係が相互《そうご》に深くかかわり合っており、しかも、核戦争《かくせんそう》という究極の恐怖《きょうふ》がたえずわれわれの頭上《ずじょう》にダモクレスの剣《つるぎ》のようにぶら下がっている今日、積極的な国際化への働きかけは世界平和のためにも不可欠であろう。しかし、現状では他国に、やれ教科書問題だ、やれ貿易不均衡《ふきんこう》だ、やれ指紋押捺《しもんおうなつ》強制《きょうせい》問題だと、けしかけられては、何となく、その点を小規模に、ちびりちびりと解決して行くことを「国際化」と呼んでいるふしがあるのだ。（上）

5　動詞＋名詞（擬似《ぎじ》関係節）

例　a　私は来年インドに帰る予定です。
　　b　私はステーキを焼くにおいが大好きです。

擬似《ぎじ》関係節は4の関係節と大変似ているが、根本的な違《ちが》いが二つある。第一は、関係節が常に二文に還元《かんげん》出来るのに対して、擬似《ぎじ》関係節は絶対にそれが出来ない点である。第二は、擬似《ぎじ》関係節の中心の名詞（例えば例文aの「予定」とか例文bの「におい」）は独立性がない付属語的名詞に限られている。この種の名詞の典型的な例は次の通りである。

(a)　間《あいだ》、上、内《うち》、度《たび》、所、前、後、ため、予定、ほど、ばかり、ほう、まま

(b)　におい、音、感じ、気持、気、様子《ようす》、眺《なが》め、姿、光景、苦《くる》しみ、ありがたみ、さびしさ

(a)のグループに属する名詞は、いわゆる「形式名詞」（本シリーズ2『形式名詞』参照）から「の」と「こと」をはぶいたものである。(b)のグループの名詞は、視覚、聴覚《ちょうかく》、触覚《しょっかく》、心理を表す名詞である。

さてaの文の拡大文節は原則IとIIで「来年」からであり、bの文の拡大文節も、同じ原則に照らして、「ステーキ」からである。

練習問題〔一〕の5

□内の被修飾語《ひしゅうしょくご》の拡大文節に傍線《ぼうせん》を引きなさい。

1　ブラウンさんは吉田《よしだ》さんに来月までロンドンにいるつもりだと言いました。（初）

2　A「御両親《ごりょうしん》はいつ京都《きょうと》にいらっしゃいますか。」

　B「私が大学を出る前に一度来ます。」（初）

3　私は鈴木《すずき》さんが東大《とうだい》を出た後、東大《とうだい》に入《はい》った。（初）

4　私が家を出ようとしたところにメアリーが遊びに来ました。（初）

5　子供はテレビをつけたまま寝《ね》てしまった。（初）

6　A「何のために日本語を勉強しているんですか。」
　B「いつか日本の会社につとめるために勉強しているんです。」（初）

7　A「どうしたんですか。」
　B「つかれて、何をする気にもなれないんです。」（初）

8　A「日本はせまいから外国に行きたいなあ。」
　B「外国に行きたい気持は分かるけれど、外国に行って何をするんですか。」（初）

9　山田《やまだ》さんは私がご飯を食べている間そばでテレビを見ていました。（初）

10　インタラタイさんはたしか日本へ行った後で病気になりましたね。（初）

11　私は友達《ともだち》と海で泳いでいるうちに足が痛くなりました。（初）

12　A「あっ、大変だ。どこかからこげるにおいがして来る。」
　B「ああ、あれはおもちを焼くにおいですよ。」（中）

13　アメリカ人は肉を焼くにおいは好きだけど、魚を焼くにおいは嫌《きら》いだ。（中）

14　さっきから、となりの家の門《もん》のあたりから、雪をかいている音が聞こえてくる。（中）

15　秋の日などに、さやさやと風が竹林《たけばやし》を抜《ぬ》けて行く音を聞いていると、心が静まる気がします。（中）

16　あの女の子のすいすいと泳ぐように歩いている感じは元気があっていい。（中）

17　男性には女性が子供を生む苦しみと喜びは分からないだろう。（中）

18　親が自分を育ててくれたありがたみは自分が子供を育ててみないと本当には分からないだろう。（中）

19 日本人は見送りの時、客が帰って行く姿が道の曲り角《かど》で見えなくなるまで見送ることが多い。こんな時アメリカ人は大抵《たいてい》ドアの所でさよならを言うだけだ。(中)

20 アメリカの中西部の大草原《だいそうげん》に美はないと言う人がいる。しかし、摂氏《せっし》氷点下《ひょうてんか》20~30度の冬の夕方、太陽が地平線に大きく落ちて行く光景は本当にきれいだ。(中)

21 息子《むすこ》はコンピューターゲームに夢中《むちゅう》になって、全然やめる様子がない。高校入試まであと二カ月なのに、困ってしまう。(中)

22 日本がハイテク時代になり、欧米《おうべい》をしのぐ情報化社会になっている事実は誰《だれ》も否定はしないだろう。しかし、ハイテクを最大限に利用して世界の情報を何《なに》が何《なん》でも集めようとする傾向が果たして好ましいのかどうかは一概《いちがい》に言えないのではないだろうか。なぜなら、情報過多は情報に頼《たよ》るあまり、自力《じりき》でものを創造的に考える可能性を押《お》さえてしまうおそれがあるからだ。日本が情報化社会として時代を先取りした裏には伝統的な外部からの吸収力・借用力が働いているように思われるのだ。(上)

23 モーツァルトの音楽というと天使の音楽だなどと言う人が多い。しかし、これはモーツァルトの音楽の全貌《ぜんぼう》を無視した印象批評だ。モーツァルトの音楽にはたしかに天使の声のような純粋無垢《じゅんすいむく》な調べがあることはある。ところが、ある時突如《とつじょ》としてふさぎ込《こ》んだ表情をしたり、そううつ病になったようにはしゃぐ仕草を見せたりする。つまり、いたる所で生《なま》のモーツァルトが顔を出すのである。そういう意味で、古典派時代のモーツァルトはロマン派時代の作曲家以上に人間的な表現を無意識にしていたのではあるまいか。(上)

24 よく「あの人は第一印象がいい」とか「あの人は第一印象がどうもね」などと言って、人を判断するのに第一印象を使う。そして第一印象をかなり信用しているようだ。しかし、よく考えてみると、第一印象と言っても色々ある。どうしてもわれわれは人の表面づらを見る悪いくせがある。表面が紳士《しんし》づら、淑女《しゅくじょ》づらをしていると、その人は第一印象がいいなどと決めてしまうのである。人間が想像以上にパフォーマーだということをつい忘れてしまうのである。私は人の判断をするのには人をパフォーマンスのきかないような、ぎりぎりの情況《じょうきょう》で観察しなければならないと思う。そんな情況《じょうきょう》が初対面で出て来るわけがないとすると、やはり、第一印象をより所《どころ》に人を判断するのは危ないと言わざるを得ない。（上）

6　名詞・文＋という＋名詞（同格節）

例
a　きのう中村さんという人が来ました。
b　今日友達《きょうともだち》から来週遊びに来たいという電話がかかって来ました。
c　まだ日本に来たという感じがしないんです。

同格節は「XというY」という構文を取る。Xには名詞（例えば例文aの「中村さん」）が来たり、文（例えば例文bの「来週遊びに来たい」）が来たりする。Yは常に名詞であるが、Xが文の時は、名詞は伝達《でんたつ》関係の名詞（例えば例文bの「電話」とか、「知らせ」「通知」「話」「手紙」など）か、心理関係の名詞（例えば例文cの「感じ」とか、「気」、「気持」、「おそれ」、「よろこび」など）で、原則のⅣ（8頁）が該当《がいとう》するので、Xに「は」や「も」が入《はい》ってもよい。Yが心理関係の場合、一般《いっぱん》に「という」は省略してもかまわない。

例文の拡大文節はいずれも原則のⅠに照らして、文頭の副詞（句）の次からということになる。

練習問題〔一〕の6

□内の被《ひ》修《しゅう》飾《しょく》語《ご》の拡大文節に傍線《ぼうせん》を引きなさい。

1　日曜日に大学で『雪国』という映画を見ました。とてもおもしろかったです。（初）

2　A「専攻《せんこう》は何ですか。」
B「日本史です。」
A「いい先生がいますか。」
B「ええ、僕《ぼく》の大学には林太郎という有名な先生がいらっしゃいます。」（初）

3　A「みんな日本で富士山《ふじさん》という山を見たことがあるでしょうね。」
B「ええ、私は登ったこともあります。」（初）

4　A「どんな新聞を読んでいますか。」
B「私はビジネスマンだから、『日本経済新聞』という新聞を毎日読んでいます。」（初）

5　A「私は前からジャンケンという遊びは日本だけだと思っていましたが、アメリカにもあるんですね。」
B「ええ、そうですよ。でも日本人の方《ほう》がジャンケンをよくしますね。」（初）

6　名古屋《なごや》に住んでいる友達《ともだち》から来年の春結婚《けっこん》するという手紙が来た。（初）

7　スミスさんから聞いたんですが、山田《やまだ》さんが会社をやめたという話、本当ですか。（初）

8　二十世紀で一番大きなニュースは人がロケットで月に行ったというニュースでしょう。（初）

9　体にいいことは分かっているんですけれど、たばこをやめるという気になれないんですよ。

（初）

10 去年の夏車で旅行した時に、仙台《せんだい》の近くで寄った「川瀬《かわせ》」という料理屋はおいしかったなあ。それから、千葉《ちば》県に入《はい》ってからコーヒーを飲んだ店、あれは何《なん》という店だったかな。おいしいコーヒーだったね。（中）

11 朝は四本《よんほん》の足、昼は二本《にほん》の足、夕方は三本《さんぼん》足のものは何かという質問は古代ギリシャのスフィンクスの謎《なぞ》だ。（中）

12 アメリカが日本のエレクトロニクスなどに大きな関税をかけるというニュースに日本人はびっくりした。日本にはアメリカが自分の弱さを日本のせいにしているという気持があるようだ。（中）

13 韓国《かんこく》や中国や東南《とうなん》アジアの国は日本がGNPの一％以上の軍事費を使い始めたということを知って、日本がまた戦前・戦中の日本にもどるのではないかという心配をしている。（中）

14 A「日本語の辞書にはどんな辞書がありますか。」

B「日本人のための辞書ですか。」

A「ええ、そうです。」

B「一番有名で、どの家にも大抵《たいてい》あるのは岩波書店の『広辞苑《こうじえん》』という辞書でしょう。」

A「どんな辞書ですか。」

B「フランスに『ラルース』という辞書がありますね。あれと一緒《いっしょ》で、辞書というより事典という感じの辞書です。」

A「オックスフォードの大辞典のように大きな辞典もありますか。」

B「ええ、小学館《しょうがくかん》から『日本国語大辞典』という全二十巻の辞典が出ています。」（中）

15 今年《ことし》の春、内田光子《うちだみつこ》というピアニストのリサイタルを初めて聞く機会があった。レコードなどで、このピアニストのモーツァルトのソナタは何度も聞いて、いいなあ、と思っていた。生《なま》を聞いてみると、内田光子《うちだみつこ》というピアニストにモーツァルトがのりうつったという感じで、その鏡獅子《かがみじし》のように長い髪《かみ》にくまどられた顔は、演奏の前後のあどけない童女の顔とは全くと言っていい程違《ちが》っていた。そう言えば、私の経験では名演奏家《えんそうか》はすべて演奏中に顔が変わるということに気がついた。演奏家《えんそうか》が普段《ふだん》と同じような顔で演奏するのは作曲家《さっきょくか》と一体化していない証拠《しょうこ》だという理屈が成り立ちそうだ。（上）

16 たしか五、六年前だったと思うが、東海地区――特に静岡県地方――に大地震《だいじしん》があるという予報が出されたことがあった。私など地震《じしん》学の素人《しろうと》は地震《じしん》の予報が出来るほど地震《じしん》学も進歩したのかという一種の感慨にひたったものだ。

ところが、ありがたいことに、一向《いっこう》に大地震《じしん》は発生しないのである。

今春《こんしゅん》、三原山《みはらやま》という大島《おおしま》の休火山が大爆発《だいばくはつ》をして、島民全員が避難《ひなん》した。この爆発《ばくはつ》は全然予測出来なかったらしい。にもかかわらず、地震《じしん》学の人達《たち》は、三原山《みはらやま》に噴火《ふんか》があったということは近いうちに東海地区に大地震《だいじしん》がある前兆だなどと言い始めている。

東海地区に住んでいる人達《たち》は大地震《だいじしん》が来るのではないかというおそれがたえず脳裏《のうり》のどこかにあるにちがいない。地震《じしん》予報が天気予報のように、かなり正確に予報が出来るようになって、「明日《あした》の早朝五時から五時半にかけて、静岡県下田市《しもだし》を中心に三百キロ以内で震度《しんど》5の地震《じしん》があるでしょう。それに備えて、最寄《もより》の避難所《ひなんじょ》へ集合して下さい。」などという予報が実現したら、どんなに安心して生活が出来るだろう。（上）

総合練習問題〔一〕

□内の被《ひ》修飾《しゅうしょく》語《ご》の拡大文節に傍《ぼう》線《せん》を引きなさい。

1　私は先週末友達《ともだち》の大石《おおいし》さんの車で東京《とうきょう》から山中湖《やまなかこ》まで行って来ました。天気がすばらしかったので、週末のマイカー族でハイウェーはとてもこんでいました。それでも、朝早く出たから、午後一時ごろには湖《みずうみ》に着きました。湖《みずうみ》のそばの芝生《しばふ》の上でサンドイッチやおにぎりのお弁当を食べてから、ボートを借りて二時間ぐらいこぎました。まだ十月の初めなのに、湖《みずうみ》のまわりの葉はすっかり赤や黄色にかわっていてとてもきれいでした。近くから見る富士山《ふじさん》も堂々としていて立派でした。二人《ふたり》とも毎日東京《とうきょう》のビルの中で働いているので、湖《みずうみ》と山の空気はおいしかったです。（初・中）

2　去年の元旦《がんたん》のウイスキーの広告文だったと思うが、阿川弘之《あがわひろゆき》が韓国《かんこく》の釜山《ふざん》に船で寄り、見学後、再び船に乗り、天津《てんしん》に向かった時、アメリカ人の実業家が阿川《あがわ》氏に言ったことばは日本人なら傾聴《けいちょう》に値することばだ。一昔《ひとむかし》前まで、日本人のビジネスマンは国際線のジェット機に乗《の》り込《こ》むと、エコノミークラスの席で黙々《もくもく》と仕事をした。同じジェット機の前の方のファーストクラスではアメリカ人のビジネスマンがマルティニの杯を挙げて陽気にわいわいやっていた。ところが今は、うしろの席で黙々《もくもく》と仕事をしているのは韓国《かんこく》人のビジネスマンで、日本のビジネスマンは昔《むかし》のアメリカ人と同じことをやり出しているという。
酔《よ》いがさめるような話で、どうしてこのような話がウイスキーの広告になるのか分からない。しかし、おごれる者久しからずただ春の夜の夢のごとしと言われる。日本は初心に帰らなけ

れば危ない。(上)

3 A「今日《きょう》は三時からの約束をすっかり忘れてしまってすみませんでした。」
B「いいえ、どういたしまして。何かあったんですか。」
A「急に人にあしたまでの仕事を頼《たの》まれて、それをしていたんです。」
B「ああ、それは大変ですね。」
A「ええ、あまり忙《いそが》しいので、今晩はこれから家で寝《ね》ないでするつもりです。」(初・中)

4 カナダのトロントでの頂上会談を終えた竹下《たけした》首相は今夕《こんゆう》七時半、特別仕立《じたて》の日航機で帰国、空港で簡単な帰朝《きちょう》報告を行った。初めてのサミットを難《なん》なく終了したことに満足しているとともに、今後の先進国との協力関係を強化して行きたいとの希望を表明した。(中・上)

5 僕《ぼく》のうちの隣《とな》りに木下《きのした》という家族が住んでいます。木下一郎《きのしたいちろう》君は同じ大学の友達《ともだち》です。一郎《いちろう》君のお父《とう》さんは弁護士で、新宿《しんじゅく》駅の近くにある法律事務所につとめています。一郎《いちろう》君のお父《とう》さんとは日曜日に二、三度会ったことがあります。
僕《ぼく》と一郎《いちろう》君が行っている大学はJRお茶の水駅のそばにあります。家から渋谷《しぶや》までバスに乗り、そこからJR新宿《しんじゅく》駅まで行って、そこで、乗《の》り換《か》えて、お茶の水駅まで行きます。一時間ぐらいかかります。僕《ぼく》たちに英語を教えている英語の先生はアメリカの大学で勉強したことがあるから、他《ほか》の先生より英語が上手《じょうず》です。一郎《いちろう》君の弟の二郎《じろう》君は今高校生ですが、AFSの交換《こうかん》学生として、アメリカのイリノイ州シャンペンの高校に留学しているそうです。

僕《ぼく》も両親とカルフォルニアに冬休みに行くはずです。

僕《ぼく》の姉は去年の六月に結婚《けっこん》しました。兄は好きな人がいたのですが、両親が反対したので、結婚《けっこん》しないことにしました。このことを知ったのは僕《ぼく》が勉強していた隣《とな》りの部屋で両親と兄が話しているのを聞いたからです。

一郎《いちろう》君には高校に行っている妹が一人《ひとり》います。このまゆみという妹さんはとてもきれいです。朝時々《ときどき》バスで一緒《いっしょ》になりますが、何を話してもいつもにこにこしていて感じがいいです。来年は大学受験なので、毎晩一時か二時ごろまで勉強しているそうです。（中）

6

日本のサラリーマンの夢《ゆめ》は自分の家を持つことだ。家族のために、小さくても庭のある家を持って、庭に色々な木や花を植えて、子供と遊びたいという願いを持たない日本人サラリーマンはいないだろう。

このごろは一軒《いっけん》の家を持つのがほとんど不可能になった。土地が非常に高いからだ。そこで、マンションと言われるアパートを探すことになるが、そのマンションは例えば３ＬＤＫ（寝《しん》室《しつ》が三部屋《みへや》に客間・居間とダイニング・キッチン）でも都心でちょっといいものだと一億円もする。だから「万ション」ではなくて、「億ション」だとしゃれを言う人がいる。銀行や会社から金を借りて買うマンションのユニットは大抵《たいてい》会社からずっと離《はな》れた所になり、通勤（これも「痛勤《つうきん》」だと言う人がいる）にかかる時間も片道一時間半から二時間になってしまうのである。（中）

7

もう二十年以上も前の話である。アメリカ留学二年目の秋、私はイリノイ大学の言語学科に転校することになった。当時言語学科の主任はＭＩＴのチョムスキー教授のもとで初の博士《はかせ》論文を書いた少壮気鋭《しょうそうきえい》の学者ロバート・リーズ教授で、その超《ちょう》論理的ですきのない論文はアメリカに来る前に日本で読んでいた。転校に際し電話連絡したが、その話し言葉の歯切《はぎ》れのよさも印象的だった。イリノイ大学に来て、いよいよその主任教授に挨拶《あいさつ》に行く日が来た。私の頭の中で組み立てられていたリーズ教授は、黒っぽい背広《せびろ》に割合地味《じみ》なネクタイをつけ、度の強い近視の眼鏡《めがね》をかけた長身の紳士だった。主任教授の部屋《へや》に入《はい》った時に目に飛《と》び込《こ》んで来たのは四等身《よんとうしん》ぐらいの、半ズボンをはき、やくざっぽい色眼鏡《いろめがね》をかけ、おまけに、縁《ふち》のばかに長い野球帽《やきゅうぼう》をかぶった小男だった。足をぶらぶらさせながら机に腰掛《こしかけ》ているその男を私はてっきり小使《こづか》いか何かと思った。実際、もし先方《せんぽう》が先にこちらの名前を呼ばなかったら、リーズ教授はどこかと聞いたに違《ちが》いない。

このエピソードは当初もショックではあったが、それがカルチャーショックとして認識されるのには十年ぐらいかかった。なぜそんなに長くかかったかというと日本が視覚的手掛《てが》りが幅《はば》をきかせている文化型の国だという認識がなかったからだ。（上）

8 春に梅《うめ》の花が咲《さ》いているところを見ると、ああ、春が来たな、と思います。夏の昼間せみがみいん、みいんと忙《いそが》しく鳴く声を聞くと、とても暑くていやですが、夕方《ゆうがた》、ほたるが涼《すず》しい光を出しながら飛《と》んでいるところを見るのは好きです。秋に木《こ》の葉《は》が一枚、二枚と散り始める様子を見ていると、さびしくなります。冬の寒い夜、外《そと》の道を下駄《げた》で歩く音を聞くと、大変つめたい感じがします。このごろはあまり冬下駄《げた》で歩く人は少なくなりましたが。（中）

9 男の人が電話ボックスで話しているところを見たら、その男の人がどんな人と話しているかが大抵《たいてい》分かります。もし体をかたくして立っているのだったら、多分会社の上役と話している最中でしょう。リラックスして話している様子だったら、多分奥《おく》さんか子供か親しい友達と話しているところでしょう。しかし、もし顔を見られないようにして、まわりを気にしながら話しているようだったら、相手は奥《おく》さん以外の女の人かスパイ仲間かもしれません。（中）

10 どうしたら人に好かれるだろうか。人に好かれる条件は沢山《たくさん》あるだろうが、私の考えでは人の言うことをちゃんと聞く態度を持っていることは一番大事な条件ではないかと思われる。いわゆる「聞き上手《じょうず》」な人は好かれるのではないだろうか。自分の意見ばかりを言って相手の言うことに耳を貸さないような料簡では人に好かれるわけがないだろう。牧師、神父《しんぷ》、ラビ、僧侶《そうりょ》、精神科医、カウンセラーなどは職業柄《がら》聞き上手《じょうず》であるはずだ。普通《ふつう》の人間も聞き上手《じょうず》になる気で努力をすべきだろう。日本語の教師も、「聞き上手《じょうず》」より「話し上手《じょうず》」の方が多い感じがするがどうだろうか。せっかく学生が日本語で話したがっているのに、文法の説明をだらだらと、しかも英語などで、話す。一生懸命《いっしょうけんめい》何かを言おうとしているのに、最後まで辛抱《しんぼう》強く聞いてやらないで、自分のことばで文末を終えてやったりしてしまう。こんな日本語の教師はきっと学生に嫌《きら》われているに違《ちが》いない。（上）

11

今日《きょう》は天気がよかった。インド人の友達と名古屋《なごや》のそばの「明治村」という所に行った。明治村《めいじむら》には明治《めいじ》の建物がたくさんあった。漱石《そうせき》という有名な小説家の家やアメリカ人のライトという建築家のたてた帝国ホテルや古い劇場があった。三時間ぐらい歩きまわったので、疲《つか》れてしまった。（初）

12

だいぶ春らしくなって来ましたが、お元気ですか。日本で毎日、日本語だけで生活したので、僕《ぼく》の日本語もかなり上達《じょうたつ》しました。外国語だけで生活するという経験は、もちろん、初めてでした。初めは、頭が変になるのではないかという心配もありましたが、二カ月ぐらいたってからは外国語だけという生活にも慣れ、大変いい勉強になりました。

今年《ことし》の夏ボストンにいらっしゃるそうですね。ぜひ久し振《ぶ》りにお会いしてお話したいと思います。詳《くわ》しい日程が分かったらお知らせ下さい。

ではお元気で。ご家族の皆様《みなさま》によろしくお伝え下さい。

平成元年四月十日

上《うえ》野《の》智《ち》恵《え》子《こ》様

ボニー　C・グレン

（中）

13

韓国《かんこく》、中国、そして日本が重要なアジアの三国だという認識は必ずしも日本人に分かっていないようだ。日本人は中国に対しては今でも自分達《たち》の先輩《せんぱい》だという態度で接している。しかし、隣国《りんこく》の韓国《かんこく》に対しては、大多数《だいたすう》の日本人が無関心だ。言語を含《ふく》めた巨大な文化を共有しているという事実を無視している。インド文化と中国文化が韓国《かんこく》を通って日本に来たという事実は歴史の本にも書いてある通りだが、韓国《かんこく》は何か通過地点にすぎない所だという認識が強いようだ。どうも、韓国《かんこく》に独立の文化圏《けん》という地位を与《あた》えたくないという偏見が今でも残っているようだ。（上）

14

不愉快《ふゆかい》に満ちた人生をとぼとぼたどりつつある私は、自分のいつか一度到着しなければならない死という境地について常に考えている。そうして、その死というものを生《せい》よりは楽なものだとばかり信じている。ある時はそれを人間として達《たっ》し得る最上至高の状態だと思う事もある。

「死は生《せい》より尊《たっと》い」

こういう言葉が近頃《ちかごろ》では絶えず私の胸を往来するようになった。（夏目漱石《なつめそうせき》『硝子戸《がらすど》の中』）

（上）

15

山路《やまじ》を登りながら、こう考えた。

智《ち》に働けば角《かど》が立つ。情に棹《さお》させば流される。意地《いじ》を通せば窮屈《きゅうくつ》だ。とかくに人の世は住みにくい。

住みにくさが高じると、安い所へ引き越《こ》したくなる。どこへ越《こ》しても住みにくいと悟《さと》った時、詩が生れて、画《え》が出来る。

人の世を作ったものは神でもなければ鬼《おに》でもない。矢張《やは》り向《むこ》う三軒両隣《さんげんりょうどな》りにちらちらする唯《ただ》の人である。唯《ただ》の人が作った人の世が住みにくいからとて、越《こ》す国はあるまい。あれば人でなしの国へ行くばかりだ。人でなしの国は人の世よりもなお住みにくかろう。

越《こ》す事のならぬ世が住みにくければ、住みにくい所をどれほどか、くつろげて、束《つか》の間《ま》の命を、束《つか》の間《ま》でも住みよくせねばならぬ。ここに詩人という天職が出来て、ここに画家という使命が降《くだ》る。あらゆる芸術の士は人の世をのどかにし、人の心を豊かにするが故《ゆえ》に尊《たっと》い。

（夏目漱石《なつめそうせき》『草枕』）（上）

〔二〕形容詞型拡大文節

1　副詞＋形容詞

例　a　このコーヒーはとてもおいしいですね。

　　b　山本《やまもと》さんは大変丈夫ですね。

副詞＋形容詞からなる形容詞型拡大文節は〔一〕の名詞型拡大文節に比《くら》べて、ずっと簡単である。イ形容詞とナ形容詞の前に来る副詞は主として次のような副詞である。

(a) 程度・数量を表す副詞（例えば、「とても」「大変」「ずいぶん」「非常に」「かなり」「なかなか」「だいぶ」「かえって」「むしろ」「こんなに」「そんなに」「あんなに」「少し」「ちょっと」）

(b) 否定を伴《ともな》う副詞（例えば、「ちっとも」「べつに」「あ(ん)まり」「けっして」「かならずしも」）

(c) 疑問を導く副詞（例えば、「どうして」「なぜ」「はたして」）

(d) 状態を強調する副詞（例えば、「どうも」「本当に」「まったく」「特に」「一番」「最も」「きっと」「絶対に」）

(e) 推量を表す副詞（例えば、「たぶん」「たしか」「おそらく」）

(f) 状態の継続《けいぞく》を表す副詞（例えば、「まだ」「やはり」「相変らず」「依然《いぜん》として」）

注　副詞一般《いっぱん》については本シリーズ1の『副詞』を参照。

練習問題〔二〕の1

□内の被修飾語《ひしゅうしょくご》の拡大文節に傍線《ぼうせん》を引きなさい。

1　A「日本語はどうですか。」
　B「そうですね。私にはなかなか[おもしろいです]よ。」（初）

2　A「アパートは駅から歩いて三分《さんぷん》ぐらいです。」
　B「そうですか。それはずいぶん[便利です]ね。」（初）

3　A「なかなか[立派な]おうちですね。」

B 「いいえ、とんでもありません。」（初）

4 A 「今ここにいた人、とてもハンサムな人だったわね。」
B 「ああ、あの人？　うちの主人よ。」（初）

5 A 「今日《きょう》は空が本当にきれいですねえ。」
B 「今日《きょう》は特にきれいですね。」（初）

6 A 「東京《とうきょう》はまだ寒いですか。」
B 「いいえ、もう寒くありませんよ。」（初）

7 A 「山口《やまぐち》さんの奥《おく》さんはどんな人ですか。」
B 「本当にきれいな人ですよ。」（初）

8 A 「ゆうべのコンサートはどうでしたか。」
B 「残念ですが、あまりおもしろくありませんでした。」（初）

9 A 「北海道《ほっかいどう》では雪は一メートル以上も積るんですよ。」
B 「えっ、雪がそんなに深いんですか。」（初）

10 A 「スポーツの中ではどのスポーツが一番好きですか。」
B 「そうですね。私は水泳が一番好きです。」（初）

11 小川《おがわ》さんはテニスがたしかとても好きだと聞いていたので、今日《きょう》午後テニスにさそった。今日《きょう》はまだ二月二十日《はつか》、かなり寒かったが、テニスをやっているうちに汗《あせ》が出て来た。小川《おがわ》さんはテニスが大変好きなばかりでなく、私よりずっと上手だった。（中）

12 電話は大変便利なものだ。電話一本《いっぽん》で、近くの人、遠くの人と話せる。ベルの電話の発明は二人《ふたり》の間の距離《きょり》を恐《おそろ》しく短いものにした。電話は、外国にいる時は特にありがたい。こんなに便利な電話もかけられる人にとってはひどく迷惑なことがある。非常に忙《いそが》しい時でも電話はかかって来る。電話に出なくてもいいわけだが、とても大事な電話かもしれない。だから、出てしまう。大変便利なものには何かいやなことがついているようだ。（中）

13

最近宗教の話題としてではなく、健康管理上の話題として精神と肉体の関係がよく言われている。日本が軍国主義の時代によく「精神《せいしん》一統《いっとう》何事《なにごと》かならざらん」と言われていたが、最近は「精神は肉体を想像以上に支配している」という極めて精神主義的な考え方が医学の中に入《は》って来た。

癌《がん》の患者《かんじゃ》は頭の中で癌《がん》のビールスと戦って、ビールスを徹底《てってい》的に負かす絵を画《か》くのである。子供の患者《かんじゃ》はその想像をいたって生々しい絵に画《か》くのである。医者の話では、このような精神的闘争《とうそう》をしている患者《かんじゃ》の方が、しない患者《かんじゃ》より、治る確率がはるかに高いというのである。（上）

2　副詞句＋（副詞）＋形容詞

例　a　私はあなたが前からとても好きでした。

　　b　今日《きょう》は朝から大変寒かった。

形容詞は副詞句か副詞句＋副詞に修飾《しゅうしょく》される場合がある。例文a、bはいずれも、副詞句（「前から」「朝から」）＋副詞（「とても」「大変」）が形容詞（「好き」「寒い」）を修飾《しゅうしょく》している例である。副詞句は通例「名詞＋助詞」の形をとり、比較《ひかく》的自由に作れる。従って、副詞句は辞書に載《の》っていない点で形容詞から派生する副詞（例えば「大きく」「上手《じょうず》に」）と共通しているが、辞書に副詞として載《の》っているような言葉とは違《ちが》う。

練習問題〔二〕の2

□内の被修飾語《ひしゅうしょくご》の拡大文節に傍線《ぼうせん》を引きなさい。

1　A「中国語と日本語とどちらの方が難しいですか。」
　B「文法は日本語の方が中国語より難しいです。」（初）

2　A「会社はうちから遠いですか。」
　B「ええ、うちからとても遠いです。一時間半もかかります。」（初）

3　今日《きょう》は朝から晩までずっと忙しかったです。（初）

4　A「いつも忙《いそが》しいんですか。」
　B「いいえ、先週から少し暇です。」（初）

5　町はきのうからお祭りで大変にぎやかです。（初）

6　この大学は昔《むかし》から日本で一番有名な大学です。（初）

7　A「外国語に強い人はいいですね。」
　B「そうですね。私は外国語に弱いから困ってしまいます。」（初）

8　私は小さい時から日本が好きでした。（初）

9　A「私はね、数学が中学の頃《ころ》からずっと苦手なんですよ。」
　B「どうしてですか。」

A 「たぶん、中学の時からの数学の先生がひどく悪かったからでしょうね。」（中）

10 クレーンさんは日本に英語を教えに来ました。東京《とうきょう》の大きな会社で毎日英語を三時間教えます。アパートから会社まではあまり遠くありません。バスで三十五分ぐらいです。授業は午後一時からですが、朝からその準備で本当に忙しいです。でも、学生がよく勉強してくれるので楽しいです。（中）

11 どの国にも作法があるが、日本の作法はアメリカ人には特にきついようだ。例えば、今でも日本の女性は日本のお茶碗《ちゃわん》は両方の手で持つのが普通《ふつう》だ。それに対し、男性は茶碗《ちゃわん》を右手だけで持つのが普通《ふつう》である。アメリカ人の感覚からすると、男女ともに両方の手で持つのなら、まあ、無抵抗《むていこう》に受け入れやすいだろう。両方の手で茶碗《ちゃわん》を持つ方《ほう》が片手で持つより丁寧《ていねい》であることはアメリカ人でも分かる。分からないのはどうして女性だけがそんなに丁重でなければならないかということなのである。

性差別の意識が高まってきた今日《こんにち》、日本文化の中の性差別現象を説明するのはなかなか難しい。私自身、日本語の授業で茶碗《ちゃわん》の持ち方《かた》に触《ふ》れた課を教えた時、二人《ふたり》の女子学生に先の点で喰《く》ってかかられた。全然予想していないことだったので面喰《めんくら》い、「文化は文化だ」とむきになって抵抗《ていこう》したのを思い出す。（上）

3 副詞節＋形容詞

例 a 問題は先生に分からないほどむずかしかったです。

b その映画は時間がたつのを忘れるぐらい面白かったです。

副詞節は（主部）＋述部＋名詞からなる副詞の機能を持つ節で、次に来る形容詞を修飾《しゅうしょく》する。その際の副詞節の意味の中で一番基本的だと思われるのは「程度」である。従って、（主部）＋述部＋名詞の「名詞」はしばしば程度を表す形式名詞の「ほど」「くらい」「ぐらい」である。

例文のaでは「先生に分からないほど」は難しさの程度を、「時間がたつのを忘れるぐらい」は面《おも》白《しろ》さの程度を、それぞれ表している。「程度」以外にも、次のように、「時」「理由」「譲歩《じょうほ》」「条件」などを表すこともあるが、形容詞との意味関係が「程度」の時ほど密接ではないようである。

(a)「時」　例文　田中さんは先週僕《ぼく》が会《あ》った時は元気でしたよ。

注「～時は」の「は」はしばしば比較《ひかく》対照を表す。

(b)「理由」　例文　私は泳いだから涼しいです。

(c)「譲歩《じょうほ》」　例文　僕《ぼく》がいなくても淋しくないだろう？

練習問題〔二〕の3

□内の被修飾語《ひしゅうしょくご》の拡大文節に傍線《ぼうせん》を引きなさい。

1　A「その本、どうですか。」
　B「分からないから、つまらないです。」（初）

2　A「日本へ行った時、楽しかった？」
　B「ええ、友達《ともだち》がたくさん出来たから、とても楽しかった。」（初）

3　A「どうしたんですか。」

B「食べすぎて、おなかが痛いんです。」
A「どのぐらい痛いんですか。」
B「歩けないぐらい痛いんです。」（初・中）

4 A「ピンポンが上手《じょうず》ですね。」
B「いいえ、とんでもない。どんなに練習しても、下手なんですよ。」（初）

5 A「北京《ぺきん》は冬どのぐらい寒いんですか。」
B「外に出るとすぐ鼻が凍《こお》ってしまうぐらい寒いですよ。」（中）

6 A「山崎《やまざき》さんはどのぐらいピアノが上手《じょうず》ですか。」
B「そうですね。モーツァルトのソナタを初見《しょけん》ですらっと弾《ひ》けるぐらい上手です。」（中）

7 きのう韓国《かんこく》人の友達《ともだち》のチョイさんの家に夕御飯《ゆうごはん》に呼ばれた。あごがはずれるほどおいしいごちそうが次から次と出た。全部食べられず、たくさん残してしまった。（中）

8 A「ボブが入院したそうだね。」
B「うん。スーザンの話によると、何も口を通らないほど悪いそうだ。」（中）

9 昔《むかし》は日本の大学にはこわい先生が大勢いたようだ。大《だい》教室の授業では先生がこわくても平気だが、演習のような小さな授業だと、大変だ。間違《まちが》った返事をしたら、大変しかられる。答えられなくてもしかられる。演習室は十人ぐらいの学生の呼吸が聞こえるほど静かになってしまう。三十年も前のことだが、その先生の授業は、やはり、忘れられない。いや、時々その先生は夢《ゆめ》に出ていらっしゃる。（中）

10 一九八八年二月の『ニューズウィーク』は二十一世紀《にじゅういっせいき》を「太平洋の世紀《せいき》」と呼び、そのテーマの特集記事を出した。その記事によると、二十一世紀《にじゅういっせいき》には日本、韓国《かんこく》、中国（中華人民共和国、台湾《たいわん》、香港《ほんこん》）の三国の対米輸出高《だか》は輸入高《だか》を大きく上回《うわまわ》り、特に日本の経済力はアメリカ政府をコントロール出来るぐらい強くなる。アメリカの経済は日本、韓国《かんこく》に軍事基地を維持《いじ》出来なくなる程弱くなってしまう。

このような筋書《すじが》き通《どお》りになるかならないかは別としても、このような筋書《すじが》きが考えられることに、時代の流れを感じる。一九七五年にアメリカ軍がサイゴンから撤退《てったい》したのが、どうやら「アメリカの世紀」の終わりを印《しる》す事件であったようだ。あれ以後のアメリカは次第《しだい》にアジアの力に圧倒《あっとう》され始めた。

しかし、一方《いっぽう》では、自然の資源と偉大《いだい》な創造力と開放的な文化を持つアメリカの底力《そこぢから》は二《に》十一世紀《じゅういっせいき》をそう簡単にアジアにゆずるほど小さいとは思えない。（上）

総合練習問題（二）

□内の被修飾語《ひしゅうしょくご》の拡大文節に傍線《ぼうせん》を引きなさい。

1　A「きのう映画を見に行ったそうですね。」
B「ええ、『たんぽぽ』という映画を見に行きました。」
A「どうでしたか。」
B「今まで見た映画の中で一番面白かったです。」
A「そんなに面白かったんですか。じゃあ、僕《ぼく》も見て来《こ》ようかな。」（初）

2　アメリカの著名な日本語教育者ジョーデン先生に直接起きたとても面白い話がある。直接先

3

生に伺《うかが》ったのか、人に聞いたのか忘れてしまったが、とにかく、先生がホテルか旅館でモーニングコールを頼《たの》まれた。翌朝、フロントでは気をきかしたつもりで、日本語の大変流暢なジョーデン先生に“Your time has come.”と電話した。ここからは私の想像だが、これをお聞きになった先生は、ぱっと目が覚められたに違《ちが》いない。多分、死にそうな程おかしかったろう。フロントの英語は日本語の「お時間でございます」の直訳だ。知恵をしぼった挙句《あげく》の迷訳《めいやく》だったのだろう。（上）

食物がとてもおいしい時に日本語ではどういうか知っていますか。そうですね、一番簡単なのは、勿論《もちろん》、「とてもおいしいです。」とか「大変おいしいです。」ですね。でも、こんなのはあまりおもしろくありません。次のような言い方の方が生《い》き生《い》きしています。

「この肉は舌がとろけるほどおいしい。」

「これを食べたらほかの物は何も食べられないぐらいおいしい。」

では、食物がまずい時はどう言うでしょう。勿論《もちろん》、「とてもまずい」「大変まずい」「ひどくまずい」など、つまらない表現があります。しかし、

「まるで紙を食べているようにまずい。」

「このさしみは猫《ねこ》も食べないくらいまずい。」

のような面白《おもしろ》い表現もあります。皆《みな》さんも、例にならっておもしろい表現を作ってみてください。（中）

〔三〕 動詞型拡大文節

1 副詞＋動詞

例

a きのうの晩は早く寝ました。

b 私はインドに時々行きます。

c すみませんが、ゆっくり話して下さい。

副詞と動詞の結びつきは副詞の種類により、その修飾《しゅうしょく》関係の緊密《きんみつ》度が違《ちが》うようである。人間・物事の**状態**を表す副詞（例えば、「きちんと」「ちゃんと」「はっきり」「しくしく」「すらすら」「ゆっくり」「ぎらぎら」など）と人間の**動作**《どうさ》を表す副詞（例えば、「ぐうぐう」「じっと」「一緒《いっしょ》に」「ぺらぺら」「せっかく」「わざと」など）は動詞との関係がきわめて密接だ。擬態語《ぎたいご》副詞の中には、「しくしく」「ぎらぎら」「ぐうぐう」「ぺらぺら」のように、それぞれ、「泣く」「光る」「寝《ね》る」「しゃべる」といった特定の動詞と結びついている副詞もある。この種の副詞は動詞との間に他の要素をはさみにくい。一方《いっぽう》、時・頻度《ひんど》を表す副詞（例えば、「いつも」「時々」「よく」「すぐ」「もう」「まだ」「また」など）とか、程度・数量を表す副詞（例えば、「もっと」「かなり」「ずいぶん」「全部」「すっかり」「みんな」「たくさん」「少し」「ちょっと」など）は動詞との関係がそれ程密ではない。以上は辞書に載《の》っている副詞の場合である。辞書に載《の》っていない派生副詞（すなわち、「**イ形容詞語幹＋く**」と「**ナ形容詞語幹＋に**」）は形容詞の数だけあるわけだが、特に動詞「なる」と結びついて変化を、「する」と結びついて使役を表す。なお、例文aのように時を表す副詞に話題の「は」がつく時、その副詞は［副詞＋動詞］の拡大文節の外になる。

練習問題〔三〕の1

□内の被修飾語《ひしゅうしょくご》の拡大文節に傍線《ぼうせん》を引きなさい。

1　A「日本語はどうですか。」
　　B「とてもむずかしくなりました。」（初）

2　A「日本人はずいぶん速く歩きますね。」
　　B「そうですね。忙《いそが》しく働いていますからね。」（初）

3　みなさん、字はきれいに書いて下さい。（初）

4　A「頭がだいぶ白くなりましたね。」
　　B「ええ、心配が多いですから。」（初）

5　A「今日《きょう》の文法はちゃんと分かりましたか。」
　　B「少し分かりました。」（初）

6　A「一生懸命《いっしょうけんめい》働いている人はだれですか。」
　　B「私の母です。」（初）

7　私が「来て下さい。」と言ったら、中田《なかだ》さんはすぐ来てくれました。（初）

8　きのうの日曜日は一日中《いちにちじゅう》遊んでしまったから、今日《きょう》はよく勉強しなければなりません。
（初）（ただし、「は」は主題の「は」）

9　きのうは友達《ともだち》に久《ひさ》し振《ぶ》りに会って、色々なことを愉快《ゆかい》に話した。またいつか是非《ぜひ》会おうと言って別れた。（初）

10　A「花子ちゃん、きれいになったね。」
B「いいえ、おじさん、そんなことありません。」(初)

11　私は仕事をさっさとやる人が好きです。しかし、この会社には仕事をかたつむりのようにやる人が多いので困っています。私がはっきりそう言えばいいんでしょうが、なかなか言えなくて……。(中)

12　日本人の笑い方は擬態語《ぎたいご》を使って色々表せます。一番いい笑い方は、例えば人にほめられて、にっこり笑う笑い方でしょう。例えば、社長がカラオケに合せて歌い始めたとしましょう。社長の歌が変だと、女子社員は小さい声でくすくすと笑います。電車の中で一人《ひとり》で漫画《まんが》の本を読んでいる人がにやにや笑っていることもありますね。笑い声は聞こえません。ところが、家でラジオの落語を聞いている人はよく大きな声でげらげら笑います。(中)

13　日本語と韓国《かんこく》語は擬音語《ぎおんご》、擬態語《ぎたいご》が多いので有名だ。擬音語《ぎおんご》は実際の音の模写《もしゃ》だから、どの言語にもあるが、擬態語《ぎたいご》はめずらしい。音の出にくい、又《また》は音の出ない現象を音によって象徴的《しょうちょうてき》に表す言葉なのである。秋の夜空の星はきらきらと光り、真夏の太陽はぎらぎらと輝く。脂肪《しぼう》を取り過ぎるとぶくぶく太るし、食欲のない病人はげっそりとやせてしまう。夏の海岸で泳いでいる人の中にはすらっとしている人もいればぶよぶよしている人もいる。
日本人の日常会話を聞いていても、この感覚的な擬音語《ぎおんご》・擬態語《ぎたいご》が実に多い。「仕事どうだい。」「さっぱりだね。君は？」「僕《ぼく》の方は、まあ、ぼちぼちだね。でも、なんかすかっとするようなことがしたいね。」「そうだな。僕《ぼく》も何かでかいことがしたくてうずうずしているんだよ。」という調子《ちょうし》である。同じ会話を日本語学習者がすると、「仕事はどうですか。」「あまりよくありません。あなたは？」「僕《ぼく》の方は少しは進んでいます。でも何か気分がよくなるようなことをしたいですね。」「そうですね。僕《ぼく》も何か大きいことがしたくてたまらないんですよ。」と言った具合になるだろう。会話が感覚的にぴしっと決まらないために、伝達《でんたつ》だけのつまらない日本語になってしまうのである。（上）

2　副詞句＋（副詞）＋動詞

例　a　私は日本語を十年前から一生懸命《いっしょうけんめい》勉強しています。

b　映画は九時から始まります。

動詞はよく先行する副詞句に修飾《しゅうしょく》される。（↓形容詞型拡大文節の2の解説を参照）例文aでは「十年前から」が時を表す副詞句で、「一生懸命《いっしょうけんめい》」は副詞であり、二つとも「勉強して」を修飾《しゅうしょく》している。例文bでは、やはり、時を表す副詞句「九時から」が後行《こうこう》する動詞「始まります」を修飾《しゅうしょく》している。副詞句は時を表すばかりでなく、場所（例えば「大学で」「家に」）、手段（例えば「車で」「ナイフで」）、方向（例えば、「アメリカに」「フィリピンへ」）、比較《ひかく》（例えば、「日本人より」「お酒より」）、など色々な意味を表す。ただし、「〜になる」「〜へ行く」など動詞と密着《みっちゃく》して出て来る「〜に」「〜へ」などはもちろん動詞の一部だから、副詞句とは考えない。

練習問題〔三〕の2

□内の被修飾《ひしゅうしょく》語《ご》の拡大文節に傍線《ぼうせん》を引きなさい。

1　A　「忙《いそが》しそうですね。」

B 「ええ、今日《きょう》は朝から今までずっと働いていました。」（初）

2 A 「ここから横浜《よこはま》まではどのぐらいかかりますか。」

B 「車で一時間ぐらいかかりますよ。」（初）

3 A 「今日《きょう》はどちらまでいらっしゃいますか。」

B 「私は仙台《せんだい》までまいります。」（初）

4 A 「どこに今住んでいますか。」

B 「新宿《しんじゅく》の近くに住んでいます。」（初）

5 A 「すみませんが、東京文化会館《とうきょうぶんかかいかん》はどちらですか。」

B 「右へ真直《まっす》ぐ五分ぐらい行くとありますよ。」（初）

6 A 「日本人はご飯をスプーンで食べますか。」

B 「いいえ、日本人ははしで食べます。」

A 「韓国《かんこく》人はどうですか。」

B 「韓国《かんこく》人ははしでも食べますが、たいていスプーンで食べます。」（初）

7 A 「日本人はアメリカ人よりよく働きますか。」

B 「さあ、よく知りません。」（初）

8 きのうは友達《ともだち》と野球をしました。僕《ぼく》のポジションはショートでした。僕《ぼく》は野球が大好きですが、あまり上手《じょうず》じゃありません。ゴロが僕《ぼく》の左や右に来るとよく取れませんでした。フライが僕《ぼく》の後ろにあがるとバック出来ないので、それも取れませんでした。バッターボックスで一度倒《たお》れてしまいました。デッドボールが僕《ぼく》のおなかに当ったのです。とても痛かったです。でも、僕《ぼく》は終わりまでがんばりました。だから、僕《ぼく》のチームは十対九で勝ちました。

（中）

9 ジェンセンさんは日本語をまるで日本人のように話します。ジェンセンさんは日本語をデンマークのコペンハーゲン大学で勉強しました。四年前に京都《きょうと》に来て、日本の仏教を京都《きょうと》大学で勉強しています。日本語は話せるばかりでなく、よく読めます。日本の新聞も朝御飯《あさごはん》の前に読みます。大学では専門の仏教の本を図書館で読みます。（中）

10 朝日新聞の「天声人語」欄《らん》（一九八八年二月二十五日付）によると、カナダのある州で俳句《はいく》コンテストを行ったところ、予想を上回り、一万四千句も集まったそうだ。その中の一つがその欄《らん》で紹介されている。

The friendly snowman, enjoying the sun's heat, feeling the mistake.（雪だるま、日なたぼっこで、あ、いけない。）

俳句《はいく》という極めて日本的な文学のジャンルがHAIKUとして海外に輸出されているという。そう言えば、かなり前からアメリカの小学校ではHAIKUを教えている所が多かったようだ。ただ、英語には拍《はく》の意識が日本語のように存在しないから、五《ご》・七《しち》・五《ご》の拍《はく》の構造はHAIKUではくずれてしまう。しかし、実像や心像を極端《きょくたん》に短い言葉にまとめ、意味の大半を読者の想像力にゆだねるという詩作の根本は共通だ。西洋の表現は、どちらかと言うと、徹底的《てっていてき》に言葉で言いつくし、そのためには余白を残さないという傾向《けいこう》が強い。もしそうだとしたら、西洋人がHAIKUを作るのは表現のしくみを一《いち》から変えなければならないことを意味するだろう。表現革命と言ってもいいようなものなのだ。（上）

3　副詞節＋動詞

例　a　足が全然歩けないぐらい痛みました。
　　b　私は何も言えないほど疲れました。

形容詞型拡大文節の3で説明したことが、ここでも言える。副詞節が動詞を修《しゅう》飾《しょく》する場合、意味の中で一番基本的で、修《しゅう》飾《しょく》関係を一番密にするものは例文のような「程度」を表す副詞節ではないかと思われる。「程度」の副詞節は［節＋ぐらい（ぐらい、ほど）］の形をとる。例文aの「全然歩けないぐらい」は「痛む」程度を、例文bの「何も言えないほど」は「疲《つか》れる」程度を、それぞれ表している。副詞節は「程度」以外にも「理由」「譲《じょう》歩《ほ》」「条件」「様態」など色々な意味を表す。

練習問題〔三〕の3

□内の動詞を修《しゅう》飾《しょく》する拡大文節に傍《ぼう》線《せん》を引きなさい。

1　A「ソンさんの日本語はどれぐらい上《じょう》手《ず》になりましたか。」
　　B「新聞が読めるぐらい上《じょう》手《ず》になりました。」（初）

2　A「いつまで日本にいるつもりですか。」
　　B「そうですね。日本語がよく使えるようになるまでいるつもりです。」
　　A「じゃあ、もうすぐですね。」
　　B「いいえ、あと十年ぐらいでしょう。」（初）

3　A「今のきれいな女の人は前からあなたを知っているように話していましたね。」

B「ええ、あれ、僕《ぼく》の妹なんです。」
A「本当ですか。」（初）

4 A「こんなに安いのに買わないんですか。」
B「いや、安いから買わないんですよ。」（初）

5 A「美智子《みちこ》さんはお金があったら、何がしたい？」
B「そうね。お金が沢山《たくさん》あったら、あなたと別れたいわ。」
A「社長さんはお金がなかったら何がしたいの？」
B「そうね。君と結婚したいね。」（中）

6 今世紀の著名な言語学者ノーム・チョムスキー氏は政治学者としても知られている。むしろ一般《いっぱん》の人には言語学者としてよりもむしろニューヨークタイムズや単行本で舌鋒《ぜっぽう》の鋭い行動派政治評論家として知られているだろう。そのチョムスキー氏が一九八八年三月にイリノイ大学に来て、言語学と政治の話を合計四つして帰った。その中の一つに世界の軍備拡大競争のジレンマをテーマにした話があった。チョムスキーによると、アメリカの経済はペンタゴンという一大軍事産業に税金をつぎ込《こ》む形で成立しているので、その動機づけのためには情報を歪曲《わいきょく》して国民を納税へとかきたてる。そのためには、皮肉なことに、国の安全保障さえ犠牲《ぎせい》にされる。ハイテクも軍事産業の一部にすぎず、日本のように民間企業が政府の援助《えんじょ》を受けて社会に直接還元するのと根本的に異なると言うのである。このような分析《ぶんせき》は私にはそれほど目新しいものではないが、もしこのような構造的分析《ぶんせき》が正しいとしたら、それを是《ぜ》正《せい》するためには政治・社会・経済上の革命が必要なのだろう。（上）

総合練習問題〔三〕

□内の動詞を修飾《しゅうしょく》する拡大文節に傍線《ぼうせん》を引きなさい。

1　A「よく降りますねえ。」

B「そうですね。火曜日に降《ふ》り出して、今日《きょう》は金曜日だから、四日間《よっかかん》ずっと降っているんですね。」

A「梅雨《つゆ》だから仕方がないでしょうが、こんなに降るのはめずらしいですよ。」（初）

2　きのうの晩は中国人の王《ワン》さんの家に招かれた。私も妻も中華《ちゅうか》料理が大好きだから、期待して行った。おいしい料理が期待通《どお》り、次から次と出てきた。おなかが破れそうになるまで食べた。人の家によばれて、こんなに食べたことはない。妻も「おいしい、おいしい」と言いながらパクパクと食べていた。中華《ちゅうか》料理が味のシンフォニーだとすると、日本料理は味の室内楽《しつないがく》と言ったらいいだろうか。（中）

3　日本語には擬音語《ぎおんご》と擬態語《ぎたいご》が多い。擬音語《ぎおんご》は何かが出す音を表すことばである。例えば、猫《ねこ》は「ニャーオ」と鳴き、犬は「ワンワン」と鳴き、豚《ぶた》は「ブーブー」と鳴く。擬音語《ぎおんご》はどの言語にもあるが、擬態語《ぎたいご》の多い言語は日本語と韓国語《かんこくご》ぐらいだ。擬態語《ぎたいご》というのは人間の行動や心理を表すことばで、例えば、人の歩き方を、さっさと歩く、ゆっくり歩く、のそのそ歩く、ぶらぶら歩く、せかせかと歩く、ひょこひょこ歩く、よたりよたりと歩く、よろよろ歩く、ちょこちょこ歩く、のそりのそりと歩く、ばたばたと歩く、のように擬態語《ぎたいご》を使うと、歩き方を生き生きと叙述出来る。

欧米人《おうべいじん》には擬音語《ぎおんご》、擬態語《ぎたいご》は幼稚《ようち》に聞こえるらしく、なかなか覚えないし、覚えてもなかなか使わない。英語などでも擬態語《ぎたいご》がないわけではない。slip, slope の sl- は「滑《す》べる」ことを、flip, flop の fl- は「回転する」ことを、それぞれ表している。しかし、何と言っても頻《ひん》度数《どすう》が少ないのである。

日本語の擬態語《ぎたいご》については次のことを知っているといいだろう。

(a)　有声子音《しいん》は何か大きいもの、重いもの、鈍《にぶ》いものを表すのに対して、無声子音《しいん》は何か小さいもの、軽いもの、鋭《するど》いものを表す。（例えば、「きらきら」と「ぎらぎら」、「ころころ」と「ごろごろ」など。）

(b)　「k」と「g」の口蓋音《こうがいおん》は「堅《かた》さ」、「鋭《するど》さ」、「分離《ぶんり》」、「急激《きゅうげき》な変化」などを通例表す。（例えば、「かちかち」「くっきり」「がらっ」「ぐっ」など。）

(c)　摩擦音《まさつおん》の「s」は「静かな状態」、「速い動作」を表す。（例えば、「さっ」「するする」「しとしと」など。）

(d)　流音《りゅうおん》の「r」は「流動性」、「滑《なめ》らかさ」を表す。（例えば、「すらすら」「くるくる」「つるつる」など。）

(e)　鼻音《びおん》の「m」と「n」は「体感的な暖かさ」、「触覚性《しょくかくせい》」を表す。（例えば、「むくむく」「ぐにゃぐにゃ」「ねちねち」など。）

(f)　破裂音《はれつおん》の「p」は「破裂《はれつ》」、「急激《きゅうげき》さ」、「強さ」を表す。（例えば、「ぱっ」「ぴん」「ぴんぴん」など。）（上）

〔四〕　接続詞型拡大文節

1　文。接続詞＋文

例
a　雨が降《ふ》っています。けれども、テニスをします。
b　今日《きょう》はとても寒かったです。だから、かぜをひきました。
c　日本語はおもしろそうでした。先生もよさそうでした。だから、日本語を始めました。

注　接続助詞も接続詞として扱《あつか》う。

文頭に使われる接続詞は**対等接続詞**と言われる。意味を基準に分類してみると次のようである。

(1)　理由・原因（「ですから」「だから」「それで」「そのため（に）」「従って」など。）
(2)　時間（「それから」「そして」「すると」「そ（う）したら」など。）
(3)　逆接（「ですが」「だが」「（です）け（れ）ど」「（だ）け（れ）ど」「しかし」「ところが」「（それ）なのに」「（それ）でも」「～ても」など。）
(4)　付加（「その上（に）」「それに」「そして」「また」「しかも」など。）
(5)　選択《せんたく》（「または」「あるいは」「それとも」など。）

このような対等接続詞が文頭に立つ場合、その拡大文節は文のピリオドを越《こ》えて前文全体になる。時には例文cのように、二文にまたがる場合もあるので、意味をよく考えなければならない。

練習問題〔四の1〕

□内の接続詞の拡大文節に傍線《ぼうせん》を引きなさい。

1 今日《きょう》は宿題がたくさんあります。[だから]、遊べません。(初)

2 あの人は頭がとてもいいんです。[だけど]、勉強をあまりしないんです。(初)

3 きのうは銀座《ぎんざ》のデパートに行きました。[それから]、地下鉄で新宿《しんじゅく》に行きました。(初)

4 あの人はよく食べます。[でも]、全然太りません。運がいい人ですね。(初)

5 週末に女の子とイタリアの映画を見ました。[それから]、二人《ふたり》でレストランに行って、イタリア料理を食べました。(初)

6 いつも朝七時に目がさめるんです。[しかし]、今朝《けさ》は十時までねてしまいました。疲《つか》れていたんですね。(初)

7 今朝《けさ》家《いえ》を出ようとしたんです。[そしたら]、急に頭が痛くなったんです。(初)

8 日本の映画は面白《おもしろ》いです。[けれども]、悲しい映画が多すぎると思います。(初)

9 来年日本へ行きます。[だから]、その前に、日本語を一年間勉強します。(初)

10 A「映画を見に行きますか。[それとも]テニスをしに行きますか。」

B「テニスをしに行きましょう。」(初)

11 魔法使《まほうつか》いのおばあさんがシンデレラの前で杖《つえ》を振《ふ》りました。[すると]、かぼちゃが馬車になりました。おばあさんはもう一度杖《つえ》を振《ふ》りました。[すると]、今度は四匹《よんひき》のねずみが四頭《よんとう》の馬になりました。(中)

12　土曜日の夕方、美智子《みちこ》さんに電話しましたが、家にいませんでした。それで、仕方なく、一《ひと》人《り》でコンピューターゲームをしていました。（中）

13　きのうの晩よくねられませんでした。頭もとても痛いです。だから、授業には行けません。すみませんが、先生にそう伝えて下さいませんか。（中）

14　中国語を五年ぐらい一生懸命《いっしょうけんめい》勉強しました。先生も中国人のとてもいい先生でした。ですが、私は耳も頭も悪いから、まだ大変下手《へた》です。（中）

15　私はスポーツをするのが大好きです。テニスもバスケットボールもピンポンも水泳もします。けれども、日本の柔道《じゅうどう》や剣道《けんどう》や合気道《あいきどう》はしません。（中）

16　その頃《ころ》は日本語がまだ分かりませんでした。お金もありませんでした。それでも、僕《ぼく》たちはヒッチハイクをして、日本中を歩きまわりました。（中）

17　日本人は英語を中学と高校で六年間も勉強しています。それなのに、英語がほとんど話せません。どうしてなのでしょうか。（中）

18　山崎《やまざき》先生がお書きになった日本語の本はいいそうです。買って読んだ友達《ともだち》のチャンさんもそう言っていました。だから、私もあした本屋に行って買おうと思います。（中）

19　夏休みは長いです。まず初めに海に行って泳ぎます。それから、静かな山のお寺に行って、本を読むつもりです。（初・中）

20　A「アレルギーで困っているんですが。」
B「それなら、この薬を飲むといいですよ。」（中）

21　東洋人が日本へ来ると、日本人とよく間違《まちが》えられる。特に、韓国《かんこく》人と中国人は日本人と間違《まちが》えられる。だから、日本語が話せないと日本人に不思議に思われる。顔が日本人のようだと

22

日本語しか話してはいけないとでも思っているようだ。ところが、西洋人が日本に来ると、「外人」、つまり「外《そと》の人」だと言われる。どこに行っても「外人」と言われて、ひどく神経に障《さわ》る。韓国《かんこく》人だって、中国人だって外国人だ。しかし、彼等《かれら》は「外人」と呼ばれることはまずない。西洋人が日本人と顔の外見《がいけん》が違《ちが》うことは決定的なのだ。従って、西洋人が日本語をぺらぺらしゃべると、日本人は怪訝《けげん》な顔をして「変な外人」だと言うのである。(上)

ワープロが家庭に入《はい》り出してから、もう十年近くなるだろうか。最近はワープロで書いた手紙をよくもらうようになった。きちんと印刷されていて、まるで本のページを読んでいるみたいでいい。読みにくい字や誤字がなくて気持がいい。にもかかわらず、手書きの手紙の、あの暖かさ、人間らしさがない。そのため、何《なん》となくつまらないのだ。手書《てが》きの時は、手紙の内容だけでなく、その手紙がどんな精神状態で書かれたかが筆蹟《ひっせき》で分かる。しかし、ワープロの字はそんな微妙《びみょう》な情報をみんな隠《かく》してしまう。おそらく、二十一世紀《にじゅういっせいき》になっても、恋文《こいぶみ》をワープロで打つ人はそれほど出て来ることはないだろう。(上)

23

学生も先生も会社員も主婦も子供も、みんなストレスで悩《なや》む。それで、人はストレス解消法を色々考え実行する。ある人は酒を飲む。毎日酒を飲んでいるうちに酒がストレスの原因になったりする。麻薬《まやく》に走る人もいて、それで死んだりする。死なないにしても、金《かね》が底をついて、金《かね》欲しさに犯罪を犯したりする。

ストレスは、とにかく、この世からなくならないだろう。だとしたら、ストレスと正面《しょうめん》から正攻法《せいこうほう》で戦う力を養う必要があろう。私の考えでは、月曜から日曜日まで、どんなに忙《いそが》しくても、毎日三十分《さんじっぷん》、日常の仕事・勉強・研究から離《はな》れることが大事《だいじ》だ。おおげさに言えば、魂《たましい》を地上からしばしの間《あいだ》どこかにさまよわせるのである。その方法はスポーツでもいいし、芸術でもいいし、宗教でもいい。だが、大事《だいじ》なことはそれに三十分《さんじっぷん》没頭《ぼっとう》することである。私の知人にバードウォッチング（鳥の観察）をしている人がいる。朝早く起きて、夫婦《ふうふ》で珍《めずら》しい鳥を見に行くのである。前は、ずいぶんつまらないことをする人達《たち》だな、と思っていた。しかし、よく考えてみると、いるかいないか分からない鳥を、早朝の澄《す》んだ空気の中で、歩きながら探すのは、幸福の「青い鳥」を探すのとさして違《ちが》わないのではなかろうか。（上）

2　文＋接続詞、文

例

a　私はお金があれば日本へ行きたいです。

b　吉田《よしだ》さんは頭が痛いので学校に行きませんでした。

c　きのうは銀座《ぎんざ》に行って映画を見ました。

d　私はモーツァルトが好きですが、高橋《たかはし》さんはブラームスが好きです。

注　接続助詞も接続詞として扱《あつか》う。

接続詞は［文＋接続詞、文］という形でよく使われる。この型の接続詞は従属接続詞か対等接続詞だが、この区別は難しいので、ここでは区別しないことにする。接続詞を意味上分類すると次のようである。

(1)　理由・原因（「から」「ので」「〜て」「ため」など。）

(2)　時間（「時（に）」「たら」「前に」「うちに」「間に」「ながら」「後《あと》で」「てから」など。
(3)　逆接（「け（れ）ど（も）」「のに」「が」「にもかかわらず」など。）
(4)　条件（「（れ）ば」「と」「なら（ば）」など。）
(5)　譲歩《じょうほ》（「ても」）
(6)　付加（「し」「ばかりでなく」など。）
(7)　引用（「と」「って」）
(8)　選択《せんたく》（「か（どうか）」「にしろ」など。）
(9)　非総括《そうかつ》的列挙（「たり〜たり」）

例文aとbの「ば」と「ので」は従属接続詞で、文頭の「私は」、「吉田《よしだ》さんは」は話題だから拡大文節の外になる。例文cとdの「て」と「が」は対等接続詞（的）である。cの文頭の「きのうは」は話題と考えられるから、拡大文節の外だが、dの文頭の「私は」は「が」の直後の「高橋《たかはし》さんは」と対応して比較《ひかく》・対照を表しているから、拡大文節は文頭からということになる。

練習問題〔四の2〕

□内の接続詞の拡大文節に傍線《ぼうせん》を引きなさい。

1　A「和子《かずこ》さん、映画に行きませんか。」
　B「私は仕事が忙《いそが》しい[から]行きません。」（初）

2　ウィリアムズさんは七時の飛行機で行きました[から]九時頃《ごろ》にはそちらに着くと思います。
（初）

3　A「雨が降《ふ》って涼《すず》しくなったから、散歩に行きましょうか。」
　　B「ええ、そうしましょう。」（初）

4　A「田中《たなか》さんもレストランに行きますか。」
　　B「お金がないので行けないと言っていました。」（初）

5　日本語は読んだり書いたりするのは難しいけれど、話すのはあまり難しくありません。（初）

6　杉山《すぎやま》さんは日曜日なのに会社に行かなければなりません。（初）

7　A「今晩夕食にいらっしゃいませんか。」
　　B「あしたならいいんですけれど、今晩はちょっと……。」（初）

8　あの人は丈夫《じょうぶ》でないけれど、よく気をつけているから、病気になりませんね。（初）

9　A「そちらの天気はいかがですか。」
　　B「昼間は暖かいですが、夜はまだ寒いです。」（初）

10　A「あの文法、分かりましたか。」
　　B「本を読んだり、先生に聞いたりしましたが、分かりませんでした。」（初）

11　ドライブに行こうと思っていましたが、雪が降《ふ》り始めたのでやめました。（初）

12　ラッシュアワーの電車があまりこむので、毎朝仕事の前に疲《つか》れてしまいます。（初）

13　A「おばあさんに会えましたか。」
　　B「ええ、もう会えないと思っていましたが、会えたので、とてもうれしかったです。」（初）

14　この辺《へん》は車が多いのに道が狭《せま》いのでよく事故があります。（初）

15　うちの子は、同じことを何度言われても、よく聞いていないので、すぐ忘れてしまいます。（初）

16　その本はとても買いたかったのですが、高くて買えませんでした。（初）

17 父は九十歳《さい》なのにまだ仕事をしています。（初）
18 A「大学を出たら何になるつもりですか。」
B「そうですね。私は大学を出たら、銀行員になりたいです。」（初）
19 A「岡田《おかだ》さんはお金があったらどこに行きたいですか。」
B「私はたくさんお金があったら、アフリカに行ってみたいです。」（初）
20 A「私は下宿《げしゅく》を探しているんですが、大学の近くだったらいくらぐらいでしょうか。」
B「一畳《じょう》一万円ぐらいでしょう。」（初）
21 私は飛行機の中でビールを飲みながら下の山や川や町や道をながめるのが大好きです。（初）
22 リズは目で笑《わら》いながら私の話を聞いていました。（初）
23 あの学生はお金がないから毎晩働きながら昼間勉強しています。（初）
24 冬の夜にしたいことはおいしいコーヒーを飲みながら、ゆっくり好きな小説を読むことです。（初）
25 パクさんは日本へ来る前に韓国《かんこく》の大学で日本語を二年間勉強しました。（初）
26 アメリカン・フットボールのことを何も知らなかったので、試合を見に行く前にアメリカ人の友達《ともだち》に色々教えてもらいました。（初）
27 鈴木《すずき》さんは、まだ八時半だったのに、パーティーが終わる前に、帰ってしまいました。（初）
28 山田《やまだ》さんは注意深《ぶか》いから試験の時は出す前にかならずもう一度答案を読みます。（初）
29 僕《ぼく》はきのう久《ひさ》し振《ぶ》りに友達《ともだち》と映画《えいが》を見てから喫茶店《きっさてん》でお茶を飲みながら二時間ぐらい話した。（初）
30 おとといパリから帰って来てから、時差のために、まだ朝早く目が覚めます。（初）

31 空手《からて》を去年の秋から始めましたが、空手《からて》を始めてから元気になりました。（初）

32 A 「山口《やまぐち》さんはハイキングに行かないんですか。」
B 「彼《かれ》は和子《かずこ》さんが行けば行くと言っていますが、和子《かずこ》さんは行かないようです。」（初）

33 A 「この町にはおいしいレストランがないんですか。」
B 「いいえ、この町にも、ちょっと探せば、おいしいレストランがありますよ。」（初）

34 すみませんが、郵便局に行くんなら私の手紙も出して下さい。（初）

35 恵子《けいこ》さんは忙《いそが》しくて行けないと言ったので、和子《かずこ》さんとナイターを見に行って来ました。（初）

36 あの人はどんなに寒くてもオーバーを着ないんですよ。（初）

37 A 「スミスさんは日本語の宿題をしたと言っていましたか。」
B 「ええ、そう言っていました。」（初）

38 私はきのう先生に大学院に行くつもりかと聞かれました。私は多分そうするつもりだと答えました。（初）

39 あれは七、八年前だったと思いますが、日本に行く前にアメリカの東北部のミドルベリーという小さな大学で一夏《ひとなつ》日本語を勉強したことがあります。九週間、日本語しか使ってはいけないという大変きびしい規則のある所でしたけれど、そのおかげで日本に行ってからよく話せてとても楽《らく》でした。（中）

40 私の友達《ともだち》の中には何かをしながら仕事をしないと仕事が出来ない人がいます。何かをしながら仕事をすると仕事が出来ない人もいます。私はどうもあとの方ではないかと思います。（中）

41 日本の会社員は大抵《たいてい》五十五歳《さい》前後で停年退職する。だれでも停年になれば自由な生活が待っていると思っている。しかし、自分が実際に停年になると、気も体も弱くなり、自由な生活は出来ないことが多いようだ。（中）

42 西洋人が俳句《はいく》のような大変短い詩を読めば、多分、何かが足りないと感じるだろう。日本人が西洋の詩を読めば、言い過ぎていると思うだろう。（中）

43 若い日本人の考え方は年を取った日本人の考え方とかなり違《ちが》う。彼等《かれら》の考え方はより西洋的で、より冒険《ぼうけん》的なようだ。彼等《かれら》は最近「新人類」などと呼ばれている。「新日本人」と言わずに、「新人類」と言った所に何《なん》となく国際志向《こくさいしこう》が感じられておもしろい。（中・上）

44 よく不美人は心がきれいだなどと、逆に不美人を一層《いっそう》傷つけることばが聞かれる。しかし、美人は心がきたないということばはあまり聞かれない。なぜだろうか。不美人は視覚的魅《み》力《りょく》がないから、自然に人の判断は内面的、つまり非視覚的になる。もし内面に感銘《かんめい》を与《あた》えるものがあれば、内面的な評価のことばが出て来るのであろう。不美人の評価が美人の評価より内面的であるというのは人間の視覚に対する弱さによるのではあるまいか。（上）

45 日本語と言わず、外国語が出来る人は、よく見ていると、共通の性格を持っているように思われる。そして、その性格には先天的な部分が多いようだ。第一に、母国語でおしゃべりでないと、外国語は上手《じょうず》になりにくい。これはあたり前だろう。第二に、男性より女性の方《ほう》が外国語が上手《じょうず》なようだ。私の仮説《かせつ》は、男性より女性の方が対象への接近性——これを「共感」と呼ぶ——の度合が高いから、外国語の場合も心理的に没入《ぼつにゅう》しやすいのではないか、というものだ。第三に、音楽——特に声楽——が好きな人で自分でも上手《じょうず》に歌えれば、発音の面で外国語に強いようである。第三に、帰納力のある人はない人よりも、文法などの規則の応用力があるから、習った文法を新しい場面で使うことが出来る。まだほかにも共通の性格があるかもしれないけれど、上記の三点は私の二十年以上の日本語教育の経験から割り出した先天的特徴《とくちょう》なのである。(上)

46　世の中には運の悪い人がいるものだ。この間、ラジオのニュースを聞いていたら、ロスアンジェルスで、五、六年前に道を歩いていた時、上から落ちて来た建築材で失明した娘《むすめ》さんが、今度は、バスの中で男が乱射した弾《たま》に当って、血まみれになり、盲導犬《もうどうけん》の手引《てび》きで、ようやく家にたどりついたというのだ。盲人《もうじん》が血まみれになっているのに、だれも助けてくれなかったそうだ。ある時にある所に居合《いあわ》せるのは全くの偶然《ぐうぜん》なのだろうか。それとも、運命の導きなのか。不運つづきの話を聞く度に、そんなことを考えさせられる。(上)

総合練習問題〔四〕

□内の接続詞の拡大文節に傍線《ぼうせん》を引きなさい。

1　きのうは仕事がとても忙《いそが》しかったです。だから、毎日のジョギングが出来ませんでした。ジョギングをしないと、体が変です。友達《ともだち》は私のことをジョギング中毒だと言います。そう言われればたしかに、ジョギングしないと一日中《いちにちじゅう》頭が少し痛いんです。(初・中)

2　「私は考える。だから私が存在する。」と言ったのは哲学者《てつがくしゃ》デカルトだった。これは本当に西洋的な考え方を表現していると思う。人間から思考を奪《うば》えば人間は存在しないと考えるのは常識かもしれないけれど、考えない人間を考えていない点で私は満足出来ない。禅《ぜん》では、何も考えない「無」の存在の認識を人間存在の目標にすえている。悟《さと》りとは人間の存在が大自然の中に埋没《まいぼつ》し虚無《きょむ》の実存的認識に達《たっ》することのようだ。西洋は「有《ゆう》」の哲学《てつがく》を目指《めざ》すのに対して、東洋は「無」の哲学《てつがく》を目指《めざ》す。一日の一刻《いっこく》座禅《ざぜん》をくんで、無に帰れば、有《ゆう》の存在感はそれだけ鋭《するど》く対照化されるのだろう。無の存在感などと言うとひどく矛盾《むじゅん》して聞こえるけれど、その思議を越《こ》えた不思議の世界にこそ人間の本来の存在感があるのかも知れない。

（上）

3

A「先生、日本へ行く前に日本語を勉強しなくても大丈夫《だいじょうぶ》ですか。」

B「そうですね。本当は一年生の日本語をしてから行く方がいいですね。」

A「一年生の日本語を勉強すれば、よく話せるようになるでしょうか。」

B「ええ、やさしいことなら何《なん》でも話せるようになりますよ。」

A「やさしいこととおっしゃると、例えばどんなことですか。」

B「そうですね。店に行ってものが買えるとか、レストランで注文が出来るとか、簡単な自己紹介《しょうかい》が出来るとか、色々あります。」

A「読んだり、書いたりも出来ますか。」

B「ええ、私はローマ字を使わないで、初めから平仮名《ひらがな》を教えますから、やさしいことが読めたり書けたりしますよ。短い手紙やメモを読んだり、書いたり出来ます。」

A「いいですね。じゃ私は日本へ行く前に先生の授業を取ります。」

B「そうすると日本へ行った時、すぐ日本語が使えて、とてもいいですよ。」

A「そうですね。どうもありがとうございました。」（中）

〔五〕 助詞型拡大文節

本項《ほんこう》では名詞句や名詞節につく助詞のみを考える。

1　名詞＋助詞

例

a　きょう母から手紙が来ました。

b　それから、おいしいみかんが届きました。

c　いなかは今桜《さくら》の花がとてもきれいだそうです。

d　長い間帰っていないいなかに急に帰りたくなりました。

一般《いっぱん》に、助詞の拡大文節は名詞の拡大文節に似ている。すなわち、格助詞の拡大文節の多くは、例文にあるように、助詞のすぐ前に来る名詞と、（もしその名詞を修飾《しゅうしょく》している部分があれば、その修飾《しゅうしょく》語・修飾《しゅうしょく》句・修飾節《しゅうしょくせつ》を含《ふく》む）からなっている。従って、例文aの「から」の拡大文節は「母」からである。文のはじめの「きょう」は副詞であるから、「母」を直接修飾《しゅうしょく》することは出来ない。例文bの拡大文節は「おいしい」からである。なぜなら、「おいしい」は「みかん」を修《しゅう》飾《しょく》していて、「みかん」は「が」の直前にくる名詞だからである。「それから」は、文と文を結ぶ接続詞だから、拡大文節の一部には入《はい》らない。同じように、例文cの拡大文節は「花」を修飾《しゅうしょく》している「桜《さくら》」からである。最後に、例文dでは、「が」の直前の名詞「いなか」は関係節によって修飾《しゅうしょく》されているから、「が」の拡大文節は、この関係節の始まり、「長い」からである。

練習問題〔五〕の1

□内の助詞の拡大文節に傍線《ぼうせん》を引きなさい。

1　A「ほら、スミスさん。あそこに大きい犬がいますよ。」
　　B「えっ、どこですか。ああ、あれですか。立派な犬ですね。」（初）

2　A「すみません。この消しゴムを使ってもいいですか。」
　　B「ええ、いいですよ。いつでもどうぞ。」（初）

3　A「きのう田中《たなか》さんにプリンスホテルのロビーで会いましたよ。」
　　B「そうですか。お元気そうでしたか。」（初）

4　A「あした、映画に行きませんか。」
　　B「いいですね。でも、あしたはちょっと都合《つごう》が悪いんです。あした、高校の時の友達《ともだち》の結婚式《けっこんしき》に出るんです。」（初）

5　A「大きな猫《ねこ》ですね。まるで山猫《やまねこ》みたいですね。」
　　B「この猫《ねこ》はアメリカの猫《ねこ》なんです。アメリカの猫《ねこ》は日本の猫《ねこ》より体も大きくて力もありますよ。」（初）

6　A「すみません。鈴木《すずき》さんの家《いえ》を捜《さが》しているんですが。」
　　B「鈴木《すずき》さんの家《いえ》なら、その角《かど》のたばこ屋の隣《とな》りの家がそうですよ。」（初）

7　A「どこまで行きますか。」
　　B「六本木《ろっぽんぎ》の交差点のアマンドの前まで行って下さい。」（初）

8　A「この辺《へん》もずいぶん変わりましたねえ。」
　　B「ええ、昔石井《むかしいしい》さんとよく行った喫茶店《きっさてん》も今はなくなって、マンションが建っていますよ。」（初）

9　A「先生、ヤンさんが先生がお書きになった本を本屋で見たと言っていました。」
　　B「そうですか。」（初）

10　A「この近くに安くて日当りのいいアパートがありませんか。」
　　B「そうですね。たぶんあると思いますよ。」（初）

11　A「最近ずっと円高《えんだか》が続いて、本当に困りますね。」
　　B「本当にそうですね。最近、多くの会社が円高《えんだか》の影響《えいきょう》で倒産《とうさん》してしまったそうですよ。」（中）

12　A「日本は土地が高くなって、本当に住みにくくなりましたよ。」
　　B「そうですか。それは大変ですね。アメリカなら今でも車庫つき庭つきの家を買うのはそんなに大変じゃありませんよ。」（中）

13　A「あれ、高木《たかぎ》さん。もう帰るんですか。」
　　B「ええ、すみません。今日《きょう》は急ぎの用事がありますので、早めに失礼させていただきます。」（中）

14　A「世界で一番深い湖《みずうみ》の名前を知っていますか。」
　　B「いいえ、知りません。」
　　A「バイカル湖《こ》ですよ。ソビエトにあるんです。」（初・中）

15　A「どうしましたか。」

B「ちょっと気分が悪いんです。」

16 A「じゃあ、窓を開《あ》けて新鮮《しんせん》な外の空気を吸ったらどうですか。」(中)

A「昨日《きのう》上野《うえの》の駅前でもう何年も音信《おんしん》がとだえていた友人にばったり会いましたよ。」

B「それはよかったですね。」(中)

17 A「あの人は、昔《むかし》は病気がちでやせ細っていたのに、今は格好《かっこう》も血色《けっしょく》もいい立派な中年紳士《しんし》になっていたわ。」

B「そう。じゃあ別人《べつじん》みたいだったでしょう。」(中)

18 A「どうしたんですか。冷《ひ》や汗《あせ》をかいているみたいですが。」

B「ええ、どうも、今朝《けさ》からずっとおなかの調子が悪くて、困っているんです。」(中)

19 A「おはようございます。どちらかお出かけですか。」

B「ええ。ちょっと田舎《いなか》にいる妹の子供が東京《とうきょう》に出て来るので、今からむかえに行くところです。」(中)

20 A「うちの主人ったら、私がすることは何でも気に入《い》らないらしくて、すぐ文句《もんく》を言うのよ。」

B「そう。でも、どこの家も同じようなものよ。」(中)

21 江戸前《えどまえ》のすしを食べる時ははしで食べるよりも手でつまんで食べた方が風情《ふぜい》があるし、「すしを食べた」という感じが本当にする。(中・上)

22 きのうは、遠藤《えんどう》さんと、区立図書館《くりつとしょかん》で会って、二時間ばかり一緒《いっしょ》に歴史と数学の勉強をした後《あと》、最近出来たばかりの駅前の喫茶店《きっさてん》へ行きました。その店には安いけれども大きくておいしいケーキがありましたし、コーヒーも色々こったものがあるわりに安くて、とても気に入《い》

りました。（中）

23 A「すみません。第一ホテルへはどう行けばいいでしょうか。」

B「第一ホテルですか。あそこへ行くには、まず駅前通《どお》りの道をまっすぐ百メートルぐらい行きます。そうすると、近くに赤と青のフードのある小さいレストランが見えてきます。そのレストランの右横の小さい道をまっすぐ行くと、二つ目の角に古い立派な西洋風の建物が見えてきます。その隣《とな》りの白い八階建てのビルが第一ホテルです。」（中）

24 早春《そうしゅん》の候《こう》、皆様《みなさま》にはお元気のことと存じます。さて恒例《こうれい》になっております大木《おおき》研究会の同窓会を来たる十一月五日、日比谷《ひびや》の帝国《ていこく》ホテル「光の間《ま》」にて催《もよお》す次第《しだい》となりました。御《ご》多忙中《たぼうちゅう》御面倒《ごめんどう》とは存じますが、右の返信用葉書《はがき》に出欠の可否《かひ》を書いて送って下さいますようお願い申し上げます。（上）

25 日本人の生活に欠かせない物の一つにこたつがある。これは、もともとは床《ゆか》に一メートル四方《しほう》の小学生の子供がしゃがんですっぽり入るくらいの深さの穴を掘《ほ》って、その穴の真中で炭をおこし、穴の上に正方形《せいほうけい》の机を乗せ、さらにその上に、こたつぶとんという正方形《せいほうけい》のふとんをかけたものであった。冬になると、家族は皆《みな》こたつの中に足を伸《の》ばし、時には首までこたつの中にもぐり込《こ》んで体を暖めたものだった。また、こたつのまわりでは、家族が集まって、テレビを見たりみかんを食べたりして一家団欒《いっかだんらん》のひとときを過ごしたものだった。今では、このような旧式のこたつは影《かげ》を消して、こたつ用の机の台のところに赤外線ランプを取りつけたもの、あるいは、机の台から温風《おんぷう》が出てくるようにしたものなどが主流となっている。しかし、今でも、こたつのまわりで一家《いっか》が色々な世間話《せけんばなし》をしたり飲んだり食べたりして楽しむ習慣は昔《むかし》と変わらず残っている。床暖房《ゆかだんぼう》やセントラルヒーティングが使われるよ

うになってきた現在でもこたつが愛用されるのは、このこたつだけが持つ「暖かさ」のためかもしれない。（上）

2　名詞（句）＋助詞＋助詞

例

a　この本は私には難かしすぎます。
b　かぜ薬なら、あそこの店でも買えますよ。
c　ここでしか買えない特産品には、どんなものがありますか。

二つの助詞が連続してある場合、前の助詞の拡大文節は、助詞型拡大文節の型1と同じで、直前の名詞とその修飾《しゅうしょく》語を含《ふく》む。後に来る助詞「は」や「も」の拡大文節のはじまりは前に来る助詞の拡大文節と全く同じである。例えば、例文aでは助詞の「に」と「は」が続いていて「に」の前の名詞「私」には修飾《しゅうしょく》語がない。従って、「に」の拡大文節は「私」からであり、同時に「は」の拡大文節も「私」からである。また、例文bのように前に来る助詞のすぐ前の名詞が修飾《しゅうしょく》されている場合、前に来る助詞「で」の拡大文節も、後に続く「も」の拡大文節も、修飾《しゅうしょく》語のはじまり、つまり、「あそこ」からである。同じように、例文cでは「特産品」はその前の節によって修飾《しゅうしょく》されているから、「に」と「は」の拡大文節はこの修飾《しゅうしょく》の始まり、つまり、「ここ」からである。

練習問題〔五の2〕

□内の助詞の拡大文節に傍線《ぼうせん》を引きなさい。

1　A　「大きくて立派な図書館ですねえ。」

　B　「ええ。ここの三階《さんがい》には日本の本もたくさんあるんですよ。」（初）

2　A　「田中《たなか》さんはアメリカへは何度も行ったことがあるそうですが、ヨーロッパへも行ったことがありますか。」

　B　「いいえ、残念ながら、まだ一度も行ったことがありません。」（初）

3　A　「上野《うえの》動物園のパンダにまた赤ちゃんが出来たそうですよ。」

　B　「その話は今朝《けさ》のNHKの六時のニュースでも聞きましたよ。」（初）

4　A　「今年《ことし》は色々な人から年賀状が来ましたね。」

　B　「ええ、アフリカの友達《ともだち》からもドイツの友達《ともだち》からも来ました。」（初）

5　A　「おなかがすいたから、学生食堂にでも行きましょうか。」

　B　「ええ、いいですよ。でも、大学の食堂ではあまりおいしい物は食べられませんよ。」（初）

6　A　「すみません。岡本《おかもと》先生にお会いしたいのですが。」

　B　「岡本《おかもと》先生は、学会《がっかい》に行っていらっしゃいますから、来週の水曜までは帰っていらっしゃいませんよ。」（初）

7　A　「車をとめたいんですが、駐車場《ちゅうしゃじょう》がいっぱいです。」

　B　「駐車場《ちゅうしゃじょう》はこの建物のうしろにもありますよ。」（初）

8　A　「こんなうるさい所では話も出来ませんから、どこか静かな所へ行きませんか。」

　B　「そうですね。じゃあ、あそこの喫茶店《きっさてん》はどうですか。」（初）

9　A　「私たち老人たちの気持ちはまだまだ若くて元気な人たちには分からないでしょうね。」

B　「そうですね。それはちょっと無理でしょうね。」（初・中）

10　A　「中森《なかもり》さんは先週会った時にはとても元気そうだったのに、今は病気で入院しているそうですよ。」

B　「そうですか。どこが悪いんでしょうか。」（初・中）

11　A　「木村《きむら》さんに晩御飯《ばんごはん》を作ってあげると言ったのですが、どんな物がいいでしょうか。」

B　「彼《かれ》は辛《から》くて酸味《さんみ》のある物には目がないそうですよ。」（初・中）

12　A　「キムさんは本当に歴史に詳《くわ》しいですね。」

B　「本当にそうですね。彼《かれ》は古代中国史はもちろん中世のヨーロッパの歴史にも詳《くわ》しいようですよ。」（中）

13　A　「お父《とう》さんとはあまり話が合わないことがあるわ。」

B　「しかたがないよ。京子《きょうこ》たちのような今の若い人は戦争を体験してきた僕《ぼく》たちとは価値観も考え方も全然違《ちが》うんだから。」（中）

14　A　「おいしい煮物《にもの》を作るコツを教えて下さい。」

B　「そうですね。煮物《にもの》をおいしく煮《に》るためには、砂糖やみりんや酒を先に入《い》れて味をしみ込《こ》ませてから、しょうゆを加えるといいですよ。」（中）

15　A　「『一寸《いっすん》の虫《むし》にも五分《ごぶ》の魂《たましい》』ということわざを知っていますか。」

B　「さあ、知りません。どういう意味ですか。」（中）

16　A　「山田《やまだ》さんはもう来ていますか。」

B　「いいえ、それがまだなんです。今日《きょう》の午後一時にはここに来るはずなんですが。」（中）

17　A　「すみません。アスピリンはありませんか。」

B「あいにく今はきらしているんですよ。駅前の薬局にはあると思いますよ。」（初・中）

18 A「子供の頃《ころ》、ステーキなんて食べたことがありませんでした。」

B「私が小さかった頃《ころ》は両親はまだとても貧乏《びんぼう》だったから、値段の高い牛肉などには全く縁《えん》がなかったんです。」（中）

19 A「最近、うちの娘《むすめ》は私に何も言わなくなったんですよ。」

B「思春期なんですよ。思春期になると、親にはなんとなく言いにくいけれども親しい同性の友人には話せることがふえてくるものですよ。友達《ともだち》に色々話しているんでしょう。」（中）

20 A「最近の物価高《ぶっかだか》には本当に悩まされますね。」

B「全くその通りですね。一戸建《いっこだて》の家《いえ》どころか都心から二時間以内のところにあるマンションにも手が届かなくなりつつありますよ。」（上）

21 日本の農業はまだ「三《さん》ちゃん農業式」の小規模《しょうきぼ》のものがほとんどで、政府の援助《えんじょ》によって一部成り立っているため不経済だ。アメリカの大規模《だいきぼ》で経済的な農業とは全く質が違《ちが》う。このような日本の現状を考えると、アメリカ政府が望むような農産物の自由化にはまだかなり時間がかかるだろう。（上）

22 アフリカのある島には女が男より権力を持っている部族がある。そこでは女は部族の政治・経済の全《すべ》てに関する決定権を持っていて、かよわい無力な男たちには何も口を出すことが出来ない。例えば、この部族社会では、女は自由に結婚《けっこん》相手を選んだり離婚《りこん》したりすることが出来るが、男にはそんな権利はないのである。（中・上）

23 日本は、車や精密機械などの物的資産の輸出ばかりではなく、歌舞伎《かぶき》・浄瑠璃《じょうるり》といった様々な伝統的な日本文化の輸出にも力を入《い》れるべきではないだろうか。また、海外との文化交流を盛《さか》んにして、経済的な面に於《お》いてだけではなく文化的な面でもゆとりのある国になるように努力すべきではないだろうか。（上）

24

私は大学三年の時初めて外国旅行をした。当時、日本という社会以外何も知らず、しかも日本語以外の言葉は全《まった》く話せなかった私には目を見開《みひら》かされる経験だった。言葉や文化の違《ちが》いはもちろんショッキングなことではあったが、それよりも、表面的な違《ちが》いの奥底《おくそこ》にある人間性にはたとえ外国人であってもあまり違《ちが》いがないということが一番強い印象として残ったのである。（上）

25

拝啓　寒さも次第《しだい》に厳しくなって参りました今日《きょう》この頃《ごろ》、先生にはお元気のことと存じます。

私も日本に来て約一《いっ》カ《か》月《げつ》たち、ラッシュアワーの満員電車にもやっと慣れ、毎日の生活も少しずつ落ち着いて参りました。

その折は色々お世話になりどうも有難《ありがと》うございました。お陰様《かげさま》で、良いアパートも見つかり、先生に紹介状《しょうかいじょう》を書いて頂いた東大《とうだい》の三田先生にもお会いすることが出来、大変うれしく思っております。まだ一人《ひとり》で自由にどこへでも行ける程は慣れておりませんので、鎌倉《かまくら》にいらっしゃる先生のお友達《ともだち》のお宅までは伺《うかが》っておりませんが、そのうち、ぜひ伺《うかが》わせて頂きたいと思っております。本当に色々とお世話になり有難《ありがと》うございました。重ねてお礼申し上げます。これからも色々御迷惑《ごめいわく》をおかけすることもあるかも知れませんが、御指導御鞭撻《ごしどうごべんたつ》のほどよろしくお願い申し上げます。私のような者でも何かお役に立てるような事がおありでしたら、御遠慮《ごえんりょ》なく御連絡《ごれんらく》下さい。

これからお正月《しょうがつ》に向かって益々《ますます》お忙《いそが》しくなることと存じますが、先生、お風邪《かぜ》などおめしになりませんよう、お体を大切になさって下さい。まずはお礼まで。

敬《けい》　具《ぐ》

十二月十日

リー・メイ

（上）

片山《かたやま》先生

3　名詞句・節＋並列《へいれつ》助詞＋名詞句・節

例

a　私はジュース[や]お茶[や]コーラ[が]好きです。

b　田中《たなか》さん[と]山田《やまだ》さん[が]パーティーへ行きました。

c　そのことについては、先生[なり]両親[なり][に]相談した方《ほう》がいいです。

d　甘《あま》い物[とか]柔《やわ》らかい物[とか]よく食べます。

e　主人[に][なり]私[に][なり]連絡《れんらく》してくれませんか。

助詞の拡大文節を考える場合、前述した4と2の型のように名詞型拡大文節に準ずる場合のほか3の型にあるような助詞特有の問題がある。すなわち、並列《へいれつ》の助詞「と」とか「や」などがある場合、それぞれの並列《へいれつ》の助詞の拡大文節は、1の型と全《まった》く同じである。しかしながら、並列《へいれつ》の関係にある名詞句・節の最後に来る助詞が並列《へいれつ》助詞でない場合、その助詞の拡大文節は並列《へいれつ》関係にある全《すべ》ての名詞句・節を含《ふく》む。例えば、例文aでは「ジュース」と「お茶」と「コーラ」は並列《へいれつ》関係にある。一番初めの並列《へいれつ》の助詞「や」の拡大文節はその直前にある名詞句「ジュース」からであり、二番目の「や」の拡大文節は「お茶」からである。これに対して、並列《へいれつ》関係にある名詞句の最後に来る助詞は「が」であり、並列《へいれつ》の助詞ではない。従って、「が」の拡大文節は並列《へいれつ》関係のある名詞句全部を含《ふく》むから、「ジュース」から始まる。同じように、例文bでは、並列《へいれつ》の助詞「と」の拡大文節は「田中《たなか》さん」からであり、格助詞「が」の拡大文節も「田中《たなか》さん」からである。

また並列《へいれつ》助詞の多くは、並列《へいれつ》の関係にある名詞句・節の一番最後に来ることもある。この場合、例文cのように、他の助詞が並列《へいれつ》助詞のすぐ後につくこともあるし、例文dのように、並列《へいれつ》助詞だけの場合もある。どの場合でも、それぞれの並列《へいれつ》助詞の拡大文節は、その並列《へいれつ》助詞の直前の名詞句・節だけを含《ふく》み、他の並列《へいれつ》関係にある名詞句・節は含《ふく》まれない。また、一番最後の並列《へいれつ》助詞の後に他の助詞がある場合、その助詞の拡大文節は、並列《へいれつ》関係にある句や節全《すべ》てを含《ふく》む。従って、例文cの場合、最初の「なり」の拡大文節は「先生」からで、二番目の「なり」の拡大文節は「両親」からである。その後の格助詞「に」の拡大文節は「両親」からではなくて、「先生」である。例文dでは、二番目の並列《へいれつ》助詞「とか」の後には助詞がないが、これも並列《へいれつ》助詞の拡大文節については全《まった》く変わりがない。つまり、一番目の「とか」の拡大文節は「甘《あま》い」からであり、二番目の「とか」の拡大文節は「柔《やわ》らかい」からである。

最後に、例文eのように、名詞句、節と並列《へいれつ》の間に他の助詞がある場合もある。この場合、並列《へいれつ》助詞の拡大文節はその直前の名詞句・節であり、並列《へいれつ》助詞の拡大文節はこの名詞句・節＋助詞である。従って、例文eの「主人になり」の「に」の拡大文節は「主人」であり、「なり」の拡大文節は「主人に」である。同様に、「私になり」の「に」の拡大文節は「私」であり、「なり」の拡大文節は「私に」である。

なお、並列《へいれつ》助詞の中で「や」と「に」（例えば、ごはんに|みそ汁《しる》）は並列《へいれつ》関係にある名詞句、節の

リストの最後に来ることはない。一方《いっぽう》、「と」「とか」「やら」「か」「なり」「だの」などはリストの最後に来ることがある。また、「や」「に」「と」「か」は一般《いっぱん》に名詞句・節の直後に来て、その間に他の助詞が来ることはない。

練習問題〔五〕の3

□内の助詞の拡大文節に傍線《ぼうせん》を引きなさい。

1　A　「島田《しまだ》さんは野菜しか食べないんですね。」
　　B　「私は肉や魚や卵[は]あまり好きじゃないんです。」（初）

2　A　「きのうのパーティーには誰《だれ》が行ったか知っていますか。」
　　B　「ええ。小川《おがわ》さんと野村《のむら》さんと私[が]行きました。」（初）

3　A　「彼女《かのじょ》の誕生日《たんじょうび》に何を買ったらいいかわからないんだ。」
　　B　「じゃあ、小さくてかわいいペンダント[とか]スカーフとかはどうかしら。」（初）

4　A　「外国に住むのなら、どんな所に住んでみたいと思いますか。」
　　B　「そうですね、日本か台湾《たいわん》[に]住んでみたいですね。」（初）

5　A　「日本からのおみやげに何を買ったらいいでしょうか。」
　　B　「そうですね。このごろはＣＤやらビデオカメラやら[を]買う人が多いですよ。」（初）

6　A　「朝ごはんはお米のごはんですか。それともパンですか。」
　　B　「たいてい、ごはん[に]みそ汁《しる》です。でも、今日《きょう》はパンとサラダとコーヒーでした。」（初）

7　A　「ジョーンズさんは日本語の本を読みますか。」

B　「ええ。時々小説とかエッセイとか読みます。」（初）

8　A　「ほら、あんなところに赤や青の風船《ふうせん》が見えるよ。」
B　「あら、本当。きれいね。」（初）

9　A　「もうすぐ、クリスマスがやって来ますね。」
B　「そうですね。そろそろアメリカのホストファミリーや向こうにいる友達《ともだち》にカードを書かなければなりません。」（初）

10　A　「日本から手紙が来たんですか。」
B　「ええ、母からの手紙です。兄の新しい赤ちゃんのことや妹の結婚《けっこん》のことが書いてあります。」（初・中）

11　A　「今年《ことし》の冬休みにはどこかへ行くつもりですか。」
B　「そうですね。まだよく分かりませんが、海に近い所か暖かい所へ行きたいと思います。」（初）

12　A　「パクさんは本当によく勉強しますね。」
B　「他《ほか》に出来ることがあまりありませんから。私は本を読む時間と寝《ね》る時間があれば、あとは何もいらないです。」（中）

13　A　「もうそろそろバレンタインデーですね。」
B　「そうですね。毎年バレンタインデーが近づくと、ハート型《がた》のチョコレートやきれいな箱《はこ》に入《はい》ったキャンディーが飛ぶように売れますね。」（中）

14　A　「最近、日本のある大手会社《おおてがいしゃ》がヨーロッパやアメリカの美術品を買いあさっていると聞きましたが、本当でしょうか。」

B　「どうもそうらしいですね。」（中）

15　A　「ずいぶん忙《いそが》しそうですね。どうしたんですか。」

B　「来月の社員旅行の企画《きかく》やら月末の支出入の計算やらに追われているんですよ。」（中）

16　A　「早いですね。この前お正月だと思ったら、もう三月ですよ。」

B　「そうですね。ところで、三月といえば、日本は今受験シーズンですよ。きっと毎日のように大学や高校や中学の入試のことが新聞に載《の》っているでしょうね。」（中）

17　A　「この頃《ごろ》は日本でも一生独身《どくしん》で過ごす人とか結婚《けっこん》しても子供を作らない人とかがふえているようですよ。」

B　「そうですか。日本も変わりましたねえ。」（中）

18　A　「先生、すみませんが、夫の病気のこと、まだうちの子供たちと主人の両親には何も言わないでおいてくださいませんか。」

B　「はい、わかりました。」（中）

19　A　「ここは本当にきれいでいい所ですね。」

B　「景色《けしき》を楽しむには今が一番いいですよ。春になると、ここはハネムーン旅行のカップルや春休みを楽しむ学生でごった返《がえ》しますからね。」（中）

20　A　「犬にかまれてしまったんです。どうしたらいいでしょうか。」

B　「近くの病院になり、もよりの保健所になり行ってすぐ注射《ちゅうしゃ》をしてもらわなければなりませんよ。」（中）

21　A　「今日《きょう》は友達《ともだち》の結婚《けっこん》祝いやら姉の子の小学校の入学祝いやらで、出費《しゅっぴ》が重なって赤字になりそうよ。」

22 B「お祝い事だから仕方がないよ。」（中）

A「うちの畑は土がやせていて、あまり作物《さくもつ》の育ちがよくないんですよ。」

B「畑に牛や馬の糞《ふん》とか枯《か》れてくさりかけた木《こ》の葉《は》をまくといいですよ。土が肥えて、育ちもよくなるはずですから。」（中・上）

23 毎年八月六日になると、様々な人々が広島を訪れます。原爆《げんばく》で家族を失《な》くした人や反戦運動に参加している若者や戦争中敵兵として戦ってきたアメリカ人の老人などが、皆《みな》、過去の誤ちを繰《く》り返さないことと全世界の平和を祈《いの》りに来るのです。（中・上）

24 江戸時代には『参勤交代《さんきんこうたい》』と言って、諸国の大名《だいみょう》たちが将軍家《しょうぐんけ》の人質《ひとじち》になっている子供と側室《そくしつ》の住んでいる江戸屋敷《えどやしき》へ通《かよ》わなければならない制度があった。これは大名《だいみょう》たちの出費《しゅっぴ》をふやすことによってその勢力の抑制《よくせい》と徳川家《とくがわけ》の安泰《あんたい》を図るための政策の一つであった。（上）

25 平安時代の美人とは、現在我々が考える美人とははるかにかけ離《はな》れたものだった。当時の美人の特徴《とくちょう》は、細《ほそ》い切れ長の目と下《しも》ぶくれの顔と多分今日《たぶんこんにち》では太りすぎといってもいいほどふくよかな体、それに、腰《こし》まで伸《の》びた長い黒髪《くろかみ》にあった。今でも長い黒髪《くろかみ》はすてきだと考えられているが、目は大きく黒目がちで、風が吹《ふ》けば倒《たお》れそうな細《ほそ》い体の方《ほう》が美しいと考えられている。（上）

26 東京《とうきょう》でアパートやマンションを借りるのは簡単そうで意外と難しいものだ。一週間や二週間歩きまわったところで、なかなか気に入《い》ったアパートは見つけられない。それでは、どうすれば、あまり無駄足《むだあし》を踏《ふ》まずにアパートが捜《さが》せるのだろうか。まず第一にしなければいけないのは、どの電鉄会社の沿線にするかということだ。そのためには、自分の会社や学校までの距離《きょり》と通勤時間[とか]通勤、通学の途中《とちゅう》乗り換《か》えの回数とかその沿線《えんせん》ぞいの町の環境《かんきょう》とか地価《ちか》の高さ[を]考慮《こうりょ》に入《い》れて、一《ひと》つか二《ふた》つの沿線にしぼった方《ほう》がいい。沿線を決めたら、その中で自分の住みたいと思う所を一《ひと》つか二《ふた》つ選んで、その町の駅前の不動産屋を色々あたってみる。その中で一番信頼《しんらい》のおける不動産屋を一軒《いっけん》選んで、一週間に一度《いちど》か二度《にど》、相手と顔見知りになるまで、その不動産屋を訪ねる。その間に、自分の条件、例えば、駅や郵便局や銀行やスーパー[から]の距離《きょり》[とか]騒音《そうおん》の有無《うむ》とか[の]アパートのまわりの環境《かんきょう》についてよく話しておかなければならないし、また、妥当《だとう》だと思われる家賃《やちん》[や]部屋数《へやかず》や部屋《へや》の大きさや日当り、それに、風呂《ふろ》の有無《うむ》など[に]関してもよく話し合っておいた方《ほう》が良い。一度《いちど》不動産屋と親しくなったら、後《あと》は不動産屋にまかせておいて、良い所が見つかり次第《しだい》、仕事先なり家《いえ》なり[に]電話してもらうようにする。こうすれば、あまり苦労をしないで比較《ひかく》的良いアパートが見つかるはずだ。（上）

総合練習問題〔五〕

□内の助詞の拡大文節に傍線《ぼうせん》を引きなさい。

1　おとといの晩、家《うち》の近くで大きい火事がありました。その火事で、近所のアパート[や]家[が]たくさんやけました。そして、五人[か]六人の人[が]死んでしまったそうです。火事の原因は、近所のおじさんが、ストーブをつけたまま寝《ね》てしまったからだそうです。夜中《よなか》の火事で、よく寝《ね》ていた人[も]たくさんいたので、大変だったそうです。（初）

2 はじめまして。私の名前は佐藤友子《さとうともこ》です。私は去年の八月に日本から来ました。今は大学の寮《りょう》に住んでいます。専攻《せんこう》は音楽で、ピアノを勉強したいと思って、ここへ来ました。この大学のピアノのコースはとても大変だけれど、いいそうです。ですから、私はよく勉強していいピアニストになるつもりです。（初）

3 日本の大学生は、一般《いっぱん》に、アメリカの大学生ほど勉強しないし、大学四年間を楽しく遊んでくらすようだ。日本では、高校の三年間は、大学入試のための勉強で、毎日夜遅《おそ》くまで勉強しなければならない。また、大学を卒業した後《あと》も、仕事でとても忙《いそが》しいので、若い人たちは大学にいる時にしか、学生生活を楽しむことが出来ない。だから、両親も、大学に入《はい》った子どもにはあまり勉強するようには言わないようだ。（中）

4 去年の冬休みには北海道《ほっかいどう》の阿寒湖《あかんこ》という湖《みずうみ》へ行った。この湖《みずうみ》は「まりも」で有名だ。まりもは丸い玉の形をしたもで、水の中にプカプカ浮《う》かんでいてとてもかわいらしい。ここに遊びに来る観光客の中には、このまりもを持って帰ってしまう人がいるようだが、このような行動はつつしみたいものだ。（中）

5 働く女性は年々《ねんねん》増えて来ているとは言うものの、日本女性の大半は結婚後《けっこんご》は家庭に入《はい》って家事と子育てに専念しているようだ。それに、結婚後《けっこんご》も働き続けているからといって、彼女達《かのじょたち》の全部が必ずしもキャリア志向を持っていて将来責任のある地位につきたいと思っているわけではない。朝日新聞が最近行ったアンケート調査にもこの傾向《けいこう》ははっきり表れている。この調査によると、現在働いている女性の九十パーセント以上が昇進《しょうしん》を望まず、部下の地位にあって現状を維持《いじ》することを希望しているのだそうだ。（上）

6 カンガルーの子供は生まれ落ちたばかりの時には人間の大人《おとな》の親指ぐらいの大きさでしかな

い。カンガルーの母親はこの小さな赤ちゃんカンガルーを大地に生み落とした後《あと》生まれたばかりの赤ちゃんを放《ほ》ったらかしにしてしまうのである。ところが、この目も見えないカンガルーの赤ちゃんは生まれるやいなや、乳《ちち》を求めて母親の体をよじ登り、乳房《ちぶさ》のあるお腹《なか》の袋《ふくろ》の中に自力《じりき》で入《はい》っていくのである。こんな芸当は百獣《ひゃくじゅう》の王であるライオンや頭のいいイルカの子にも出来ない。本能とは本当に驚《おどろ》くべきものだと思う。（上）

7

A「忙《いそが》しそうですね。お手伝いしましょうか。」

B「ああ、坂本《さかもと》さん。どうもすみません。いやね、実《じつ》は、スペインにいっている日本人の友達《ともだち》に頼《たの》まれて、海草やら、おせんべいやら色々送らなければならないんですよ。それで今箱《はこ》づめしているところなんですが、やっぱり一番安く送れるのは船便《ふなびん》でしょうか。」

A「でも船便《ふなびん》だと、三カ月くらいはかかると思いますよ。航空便《こうくうびん》だと高いですしね。」

B「そうですか。それは困りましたね。おもちゃしらすなどのように古くなったら困るものもありますし、酢《す》とかみそとか重いものもあるんです。」

A「それじゃあ、海外向けの宅急便《たっきゅうびん》を扱《あつか》っている会社か運送会社に電話してみたらどうですか。」

B「そうですね。じゃあ、そうしてみます。」（上）

8

夏バテを防ぐには猛暑《もうしょ》を避《さ》けることもさることながら、暑さに耐《た》えられる体力をつくることが一番大切である。そのためには、まず睡眠《すいみん》を充分《じゅうぶん》に取り体を休めておくことが大切だ。夜暑くて寝苦《ねぐる》しい時は、昼寝《ひるね》をしたりして、充分《じゅうぶん》に休養することだ。それから、ビタミンとたんぱく質と水分を充分《じゅうぶん》補給《ほきゅう》し、スタミナをつけなければならない。土用《どよう》の丑《うし》の日にうなぎを食べる習慣も、実《じつ》はうなぎがたんぱく質とビタミンAを多く含《ふく》んでいるためにスタミナ作《づく》りに良いことから来ている。野菜ぎらいの人も、この時期は、トマトや青物《あおもの》をはじめとする野菜や果物《くだもの》を食べるようにした方《ほう》がいい。それに、よく冷やしたすいかとか麦茶とか水道の水も忘れずにたっぷり飲むことも大切だ。（上）

9

アメリカはもとより、アフリカやヨーロッパ各国では、ここ数年、エイズという病気が大きな問題となっている。この病気は、初めは同性愛者と麻薬《まやく》常習者だけの病気であると考えられていた。しかし、現在では一般《いっぱん》の人々や小さい子供たちに広がり、一種のパニック状態を引き起こしてしまっている。

例えば、フロリダに住んでいたある一家《いっか》には、エイズの病原菌《びょうげんきん》を持っている小学生の子供がいたが、同じ小学校に通《かよ》う他の子供達《たち》の父兄《ふけい》が、このエイズの菌《きん》を持っている子供をその学校に通《かよ》わせることに激《はげ》しく反対した。そのため、その子供は学校に通《かよ》うことが出来なくなり、ついには裁判沙汰《ざた》にまでなってしまった。裁判の結果、その子供は学校に通《かよ》う権利を認められたにもかかわらず、理解ない町の人がその子供の家に放火してしまい、結局、一家《いっか》はその町を追い出されてしまったのである。

エイズは普段《ふだん》体が触《ふ》れただけで感染《かんせん》するものではないのだが、エイズの原因とはっきりした治療法《ちりょうほう》がまだ見つかっていない上に、一般《いっぱん》の人々に対するエイズ教育が充分《じゅうぶん》なされていないために、このような問題が起こり続けているのである。

このようなおろかなパニック状態をなくすために、合衆国政府と各州の州政府は互《たが》いに協力して、テレビや新聞や雑誌などのマスコミとか地方の病院なり学校なりの施設《しせつ》を通じて、エイズ教育を進めようとしている。（上）

〔六〕　形式名詞型拡大文節

1　名詞句・節＋の＋こと

例　a　先生はテストのことを忘れています。

　　b　あしたのパーティーのことで話があります。

「こと」はそもそも名詞であるから、例文にある形は「名詞＋の＋名詞」の応用である。従って、例文aの「こと」の拡大文節は、第一章の原則Ⅰにあるように、「テスト」からである。また、例文bの拡大文節は「あした」からである。この場合、「あした」は「パーティー」を修《しゅう》飾《しょく》しているから、「あした」は「こと」の拡大文節に含《ふく》まれる。

練習問題〔六〕の1

□内の「こと」の拡大文節に傍《ぼう》線《せん》を引きなさい。

1　木《き》村《むら》さんは山《やま》田《だ》さんのことをよく知っています。（初）

2　ペレスさんは日本の庭のことについて勉強しています。（初）

3　A「来年、何をするつもりですか。」

　　B「来年のことはまだわかりません。」（初）

4　A「あの人のことはもう忘れた方《ほう》がいいですよ。」

　　B「ええ、でも、忘れられないんです。」（初）

5　A「京都《きょうと》旅行はどうでしたか。」
B「とてもよかったですよ。でも、どうして旅行のことを知っているんですか。」（初）

6　A「先生、宿題のことで質問があります。」
B「ええ、どんなことですか。」（初）

7　A「コンピューターを買おうと思うんですが、どんなコンピューターがいいでしょうか。」
B「私はコンピューターのことはあまりよく分かりません。田中《たなか》さんに聞いたらどうですか。」（初）

8　A「何について話しましょうか。」
B「来週のピクニックのことを話しましょう。」（初）

9　A「きのう私に来た手紙のことなんですが、今どこにありますか。」
B「その机の上にありますよ。」（初）

10　父からの手紙には、弟の結婚《けっこん》のことがいろいろ書いてあった。（初）

11　A「どうしたんですか。さびしそうですね。」
B「ええ、タイへ帰った友達《ともだち》のことで考えていたら、急にタイへ帰りたくなったんです。」（初）

12　A「山田《やまだ》さんの家の近くであった火事のことで何か知っていますか。」
B「いいえ、何も知りません。」（初・中）

13　今日《きょう》の朝のニュースで上野《うえの》動物園で生まれたパンダの赤ちゃんのことが報道されました。（初・中）

14　川口さんは一人《ひとり》で外国旅行に出た高校生の息子《むすこ》さんのことが心配で、夜も寝《ね》られないのだそ

うです。（中）

15 どこに住んでいても、自分の生まれ故郷《こきょう》のことは、なかなか忘れられないものです。（中）

16 弟がチリに住んでいるので、おととい チリであった地震《じしん》のことが気になるんですよ。（中）

17 自分が困っている時に色々助《たす》けてくれた友達《ともだち》のことは、いつになっても忘れられないものです。（中）

18 A「鈴木《すずき》君、課長が君の提案していた新しい企画《きかく》のことで話があるそうだから、課長のところへ行ってくれ。」
B「はい、わかりました。すぐ、行ってみます。」（中・上）

19 A「お宅の隣《となり》の家へ引《ひ》っ越《こ》して来た人のことですが。」
B「何《なん》ですか。」
A「とても有名な作家《さっか》らしいですよ。」（中）

20 政府はこのところ急上昇《きゅうじょうしょう》している地価《ちか》のことについて、どのような対策をとるつもりなのだろうか。（中・上）

21 その夫人は生まれて間もなく亡《な》くした子供のことを今でも忘れられないらしく、その子の写真を見ては涙《なみだ》を流すのだ。（中）

22 先日《せんじつ》の同窓会で、高校の時の同級生に久しぶりに会った。皆《みな》、昔話《むかしばなし》に花が咲《さ》いて、当時皆《みな》のアイドルだった野球部のキャプテンのこと、学生のたまり場だった学校のそばの喫茶店《きっさてん》のこと、体育祭のこと、文化祭のこと、そして、誰《だれ》よりもお世話になった田中《たなか》先生のことなど色々話し合った。（中・上）

23 外国に住んでいる日本女性の多くがあまり日本へ帰りたがらない。彼女達《かのじょたち》は別に日本がきらいなわけではないが、常に他人の目を意識して過ごさなければならない生活のこと、また、日本女性だけに課される社会的重荷のことを考えると、外国生活の方が気楽《きらく》に思えるのである。（上）

24 大人《おとな》になると、えてして自分がまだ子供だと言われていた頃《ころ》のことを忘れてしまって、ついつい「大人《おとな》の目」で子供の行動を判断しがちだ。でも、本当に子供のことを思っているのなら、もっと子供の立場に立って子供の見方や気持ちを理解するよう努力すべきである。（上）

25 戦中派である両親は、今でも時々戦争中のことや戦後何もなかった時代のことを口にすることがある。例えば、母は戦争中、学徒動員《がくとどういん》で勉強のかわりに大阪《おおさか》の軍需工場で働かされていたが、そこでの経験は忘れ難いものだったらしく、今でもその工場で一緒《いっしょ》に働いていた女学生のことや田舎《いなか》を離《はな》れて生活していた母にとても親切にしてくれた工場長のことなど、なつかしそうに話すのである。父は父で軍医としてフィリピンへ行ってそこで戦死した父の兄のことや原爆《げんばく》で死んだ友人のことをポツポツと話すことがある。戦争を体験していない私にとって、このような話はあまりピンと来るものではないが、それでも、父や母の話を聞くたびに、この人たちは何と大変な思いをしながら生きてきたのかとしみじみ考えさせられるのである。（上）

2 形容詞＋の・こと（体言化）

例

a きのうは何かいいことがありましたか。

b 先生はぼくたちが忙《いそが》しいことが分からないようです。

c　私が好きなのは山田《やまだ》さんです。

「の」と「こと」は形式名詞の一部であり、拡大文節に関しては「の」も「こと」も同じである。すなわち、形容詞の後に「の」・「こと」が来る場合、拡大文節は形容詞を修飾《しゅうしょく》する副詞を含《ふく》む。形容詞が句の一部あるいは節の述部の一部になっている場合、拡大文節はその句又《また》は節全体を含《ふく》む。また、「の」・「こと」が主題を表す名詞句、「名詞＋は」や「名詞＋も」の後に来る場合、第一章の原則IIに従い、主題を表す名詞句は「の」・「こと」の拡大文節には含《ふく》まれない。従って、例文aでは「こと」の拡大文節は「何か」からであって、文頭の「きのうは」は主題を表すため、拡大文節には含《ふく》まれない。同様に、例文bの「こと」の拡大文節は「ぼくたち」からであり、主題を表す名詞句「先生は」は拡大文節の外にあると考えられる。例文cでは、「の」の後に来る助詞は「は」であって、「の」で体言化された句が文の主題となっている。この場合、「の」の前に主題を表す名詞句はないから、拡大文節は文頭の「私が」からである。

以上に述べたように、「の」も「こと」も拡大文節に関して全く同じ特徴《とくちょう》を持っているし、その基本的な用法も文や句を体言化することにおいては変わりがない。しかしながら、この二つは必ずしも同じ意味を表すものではない。「こと」は文や句の後について、抽象《ちゅうしょう》的な事物や概念《がいねん》を表す。これに対して、具体的な事物を表す場合には「こと」の代わりに「もの」が使われる。例えば、「いいこと」と言うと、誰《だれ》かにほめられるとか何かの賞をもらうとかいったような抽象《ちゅうしょう》的な事柄《ことがら》を意味するが、「いいもの」というと上等の置物《おきもの》や性能のいいカメラなどの具体的な事物を表す。「の」は「こと」と同じように抽象《ちゅうしょう》的な事柄《ことがら》を表すことも出来るし、「もの」の代わりに具体的な事物を表すことも出来る。さらに、「の」は「もの」と違《ちが》って「人」を意味することもある。例えば、「私が好きなのはその本です。」という文では「の」は「本」、すなわち、具体的な事物を意味している。ところが、「私が好きなのはスミスさんです。」という文では「の」は人を表している。また、「私が好きなのはジョギングです。」という文では、「の」は何らかの活動、すなわち、抽《ちゅう》象《しょう》的な事柄《ことがら》を意味している。

このほかにも、「の」と「こと」には色々な用法の違《ちが》いがある。例えば、前の例文の「私が好きなのは××です。」という文は強調構文であるが、このような強調構文では「の」を「こと」や「もの」で置きかえることは出来ない。これらの用法の違《ちが》いについては次の「動詞＋の・こと」の項《こう》で説明することにする。

練習問題〔六の2〕

□内の「の」「こと」を修《しゅう》飾《しょく》する拡大文節に傍《ぼう》線《せん》を引きなさい。

1　A「どれがいいですか。」
　　B「その大きい[の]がいいですね。」(初)

2　A「私は楽しくない[こと]はあまりしません。」
　　B「私もそうです。」(初)

3　A「楽しそうですね。」
　　B「ええ、とてもいい[こと]があったんです。」(初)

4　A「この新聞にはおもしろい[こと]があまり書いてありません。」
　　B「あまりおもしろいニュースがないんでしょうね。」(初)

5　A「また、たばこを吸《す》っているんですか。体に悪いことはあまりしない方《ほう》がいいですよ。」
　B「ええ、でも、たばこだけはやめられないんですよ。」（初）

6　A「どうして何も買わなかったんですか。」
　B「私がほしかったのが売れてしまっていたんです。」（初）

7　A「旅行はいかがでしたか。」
　B「ええ、とても楽しかったです。でも天気が悪かったのには困りましたが。」（初）

8　フランス人はロマンチックなことで有名です。（初）

9　A「木村《きむら》さんは友達《ともだち》が多くていいですね。」
　B「友達《ともだち》が多いのはいいんですが、まだ恋人《こいびと》がいないのが残念です。」（初）

10　A「会社が急に倒産《とうさん》してしまいました。」
　B「それは大変なことになりましたね。」（初）

11　この大学の文学部は有名な学者が多いことでよく知られています。（中）

12　日本で一番うれしかったことは日本人の友達《ともだち》がたくさん出来たことです。（中）

13　自分の子供がかわいいのは親なら誰《だれ》でも同じではないか。（中）

14　A「あの人のいいところは、少々いやなことがあってもあまりくよくよしないところですね。」
　B「ええ、私もああいう性格だったらいいなあと思うことがありますね。」（中）

15　その先生の授業はおもしろいことはおもしろいのですが、宿題が多くて採点が厳しいのには本当に参りました。ですから、その課目を取る時は、他の課目はやさしいものにするか、取る課目を減らすことを勧めます。（中・上）

16 独《どく》身《しん》でいるといいのは自分の好きなことを好きな時に出来たり、あまり外《ほか》の人のことを気にしなくてもいいことにある。けれども、病気の時やつらい時に心の底から頼《たよ》れる人のいない淋《さび》しさもある。（上）

17 子供の顔が心を見すかされてしまいそうなほど美しいのは大人《おとな》と違《ちが》って世の中の様々な汚れに染まっていないからである。しかしながら悲しいことにこの子供の美しさも成長とともに失われていかざるをえない運命にある。（中・上）

18 東京《とうきょう》に住むより田舎《いなか》に住む方《ほう》がずっと居心地《いごこち》がいいことは誰《だれ》でもよくわかっていることだが、東京《とうきょう》の人口増加の現象は一向《いっこう》におさまらないようである。物価《ぶっか》や地価《ちか》の高さを考えると、とても東京《とうきょう》には住めないようにも思うのだが、情報量が豊かで何についても便利なことを考えると東京《とうきょう》にいる方《ほう》が良いような気がしないでもない。（上）

19 サンフランシスコは坂が多くて食べ物がおいしいことで有名である。実際、サンフランシスコでは住民六〇〇人に対してレストランが一軒《いっけん》ある。この数は、ニューヨークの住民八〇〇人対レストラン一軒《いっけん》と比べてもわかるように、いかにサンフランシスコにレストランが多いかを表している。この割合がアメリカで一番高いことは言うまでもない。（上）

20 先日《せんじつ》は色々お世話になりどうも有難《ありがと》うございました。何よりもうれしかったのは五年ぶりに山田《やまだ》さんにお会い出来たことです。山田《やまだ》さんの病後の経過が良いことがわかり本当に安心しました。（中）

21 日本ではいろいろなおもしろいことに出会いましたが、その中でも、電車の中で漫画《まんが》を読んでいる大学生や会社員が多いことには「おやっ」と思わされました。日本では、漫画《まんが》は視覚的な大衆文化の一部であって、別に子供っぽいとは考えられていないのがおもしろく感じら

れたのです。(上)

22　今でもあまり好きではないが、子供の時一番いやだったのは歯医者へ行くことだった。かと言って甘《あま》い物は大好きだったし特別丁寧《ていねい》に歯をみがいていたわけでもなかったから、歯医者にはよく世話になった。歯医者は近所で開業していていつもにこにこと笑いかけてくれるやさしい人だったが、診察室《しんさつしつ》の椅子《いす》の上にすわらされた時だけは、世の中で一番恐《おそ》ろしいのはマスクをしたこの歯医者の顔だと思ったものだ。(上)

23　昔《むかし》は日本製のものと言えば、安いだけが取《と》り得《え》で質の悪いものの代名詞であったが、今では日本製の製品は高級で質がいいことが定評となっている。最近大きな国際問題となった日本車の輸出にしても、日本車が安いから売れたわけではなく、日本車が丈夫《じょうぶ》でしかも性能がいいことに起因すると言えるのではないだろうか。(上)

24　日本で行われるアマチュアスポーツの中で一番ポピュラーなのは春と夏に行われる高校野球ではないでしょうか。高校生の野球が特別上手《じょうず》なわけではありませんが、優勝旗をめざして一生懸命《いっしょうけんめい》ひたむきに闘《たたか》う選手の姿がなんともいえず美しいことに皆《みな》心をうたれ、引き込《こ》まれていくのではないでしょうか。(上)

25　アメリカに行ったら一度はしてみるといいことがある。それは、車でアメリカ大陸を横断することである。そうすれば、アメリカがいかに広くて変化に富んでいるかがよく分かる。それに、一見《いっけん》工業国に思えるこの国が、実《じつ》は巨大《きょだい》な農業国であるということもよくわかるはずである。西海岸からロッキー山脈を越《こ》えるまでの砂漠《さばく》の広いこと、山脈を越《こ》えた後に延々《えんえん》と広がるひまわり畑の美しいこと、また地平線のかなたまでまっすぐ伸《の》びる高速道路の長いことなど、車で行ってみなければ実感《じっかん》としてはわからないものだ。飛行機で色々な大都市を訪ねてみるのも勿論《もちろん》おもしろいが、それでは、アメリカの大都市を見ただけで終わってしまう。アメリカという国を味わうのに一番いいのはやはり車でのんびりと大陸の端《はし》から端《はし》まで旅行することではないだろうか。（上）

3　動詞＋の・こと（体言化）

例

a　私は本を読むのが好きです。

b　私は彼《かれ》が昔《むかし》オリンピックの選手だったことを知りませんでした。

c　きのうここへ来たのは片山《かたやま》さんです。

d　私はその子が駅の方へ走って行くのを見ました。

e　激《はげ》しい運動を毎日することはよくないことです。

f　日本へ行ったことがありますか。

「の」・「こと」が動詞の後につく場合の拡大文節は「の」・「こと」が形容詞の後に来る場合と全く同様である。すなわち、拡大文節は、動詞や動詞を修飾《しゅうしょく》する副詞句を含《ふく》み、さらに、動詞が節や句の一部となっている場合その節や句全部を含《ふく》む。また、主題を表す名詞句が「の」・「こと」の前にある場合、この名詞句は拡大文節の一部には含《ふく》まれない。従って、例文aでは、主題を表す「私は」は拡大文節の外にあり、その後の「本を」から拡大文節は始まる。例文bでは「だった」が含《ふく》まれる節全体、すなわち「彼《かれ》が」から拡大文節は始まる。例文cでは主題を表しているのは「の」で体言化された句であり、「の」の前に主題を表すものはない。従って、拡大文節は文頭からである。例文dは、例文bと同様、「走って行く」が述部になっている節の始め、すなわち「その子が」から拡大文節は始まる。例文eは基本的には「XはYだ」の構文であるが、この場合、Xにあたる部分もYにあたる部分も「こと」で体言化されている。従って、一番目の「こと」の拡大文節はXにあたる句全体から成り、文頭から始まる。（二番目の「こと」の拡大文節は主題を表す句の後、すなわち、「よくない」からである。）例文fには、主題にあたる名詞句はない。この場合、「こと」の拡大文節はその前の動詞「行った」を含《ふく》む句全体であり、文頭から始まる。

ところで、「の」と「こと」には前の項《こう》で述べたような基本的な意味の違《ちが》いのほかに、文法的な違《ちが》いがいくつかある。まず第一に、例文cにあるような強調構文では「の」しか使えない。（例文cが例文eと違《ちが》って強調構文であることは、例文cが「片山《かたやま》さんはきのうここへ来ました。」というように強調されていない平易な文に書き換《か》えられるのに対して、例文eが書き換《か》えられないことでわかる。）第二に、文の述部が視覚・聴覚《ちょうかく》などを表す知覚動詞（例えば、「見る」「見える」「聞く」「聞こえる」「感じる」「感じられる」など）の場合、「の」しか使えない。従って、例文dでは、「の」の代わりに「こと」を使うことは出来ない。

これに対して、例文eにあるような「XはYだ」の構文で、XとYの部分が体言化されている場合、Xの部分には「こと」でも「の」でも使えるが、Yの部分には「こと」しか使えない。Yの部分に「の」を使うと、「〜のです」を使った文全体を強調する構文となり、意味が違《ちが》ってしまう。（なお、この「〜のです」を使った構文は、「の」の本来の体言化の用法からはずれるので、形式名詞型としてではなく、モダル型として扱《あつか》う。）

このほかに、「こと」しか使えない慣用表現がいくつかある。例文fはその一例であり、「〜ことがある」という過去の経験を表す慣用表現が使われている。「こと」を使う主な慣用表現は次の通りである。

(a) 過去の経験（過去形＋ことがある）

(1) さしみを食べたことがあります。

(2) 画家《がか》だったことがあります。

(3) 日本に行ったことはまだありません。

(b) ある動作・状態が起こること（現在形＋ことがある）

(1) 日本語で夢《ゆめ》を見ることがあります。

(2) 日本に一生《いっしょう》住むことはないと思います。

(c) 部分否定（〜ないことはない）

(1) あの先生の授業はおもしろくないことはないんですが、ちょっと難かしすぎます。

(2) 化粧《けしょう》はあまり好きじゃないが、しないことはない。

(d) 可能（動詞の現在形＋ことが出来る）

(1) あと十万円あれば、あの車を買うことが出来るんですが。

(2) うちの子はまだ歩くことが出来ません。

(e) 自分の意志による決定（動詞の現在形＋ことにする）

(1) たばこをやめることにします。

(2) 今年《ことし》の春は就職《しゅうしょく》しないことにしました。

(f) 物事の決定（動詞の現在形＋ことになる）

(1) また税金が上がることになったらしい。

(2) 今度広島《ひろしま》の支社に転勤することになったんですよ。

(g) 習慣（動詞の現在形＋ことにしている）

(1) 毎日、三十分《さんじっぷん》散歩《さんぽ》することにしています。

(2) テレビは見ないことにしています。

(h) 物事の決定の結果・予定（動詞の現在形＋ことになっている）

(1) セールの商品は返品出来ないことになっております。

(2) 明日《あした》は大阪《おおさか》へ出張することになっています。

(i) 否定の余韻《よいん》のある強調（〜ことは〜）

(1) 彼《かれ》はいい人だったことはいい人だったんですが、ちょっと話しにくい人でした。

(2) あの映画はおもしろいことはおもしろいんですが、ちょっと長すぎます。

(3) この文法は勉強したことは勉強しましたが、まだよく分かりません。

練習問題〔六の3〕

□内の「の」「こと」を修飾《しゅうしょく》する拡大文節に傍線《ぼうせん》を引きなさい。

1 テレビを見すぎるのはよくありませんよ。（初）

2 キムさんはフランス語を話すことが出来ます。（初）

3　図書館で新聞を読んでいたのは佐々木《ささき》さんです。（初）

4　A「どんなスポーツが好きですか。」
B「そうですね。私は泳ぐのが好きですね。」（初）

5　A「日本人は贈物《おくりもの》をあげることが好きなようですね。」
B「ええ、ほんとうにそうですね。」（初）

6　A「どうしましたか。」
B「誰《だれ》かがドアをノックしているのが聞こえるんです。」（初）

7　A「ミラーさんは勉強ばかりしていますね。よく寝《ね》てよく遊ぶことも大事《だいじ》ですよ。」
B「ええ。でもテストがたくさんあるんですよ。」（初）

8　A「ディムさん、ケーキを食べに行きませんか。」
B「あら、どうして私が考えていたことがわかったんですか。今、丁度《ちょうど》ケーキを食べたいと思っていたんです。」（初）

9　A「毎日朝早いですね。」
B「ええ、毎朝六時に起きることにしています。」（初）

10　A「どんな映画を見ましょうか。」
B「私が見たいのはチャップリンの映画です。」（初）

11　A「授業中に居眠《いねむ》りをすることがありますか。」
B「ええ、よくあります。だから、先生によくしかられます。」（初）

12　A「さっきあそこであなたと話していたのは誰《だれ》ですか。」
B「田村《たむら》さんですよ。」（初・中）

13　A「日本に行って何が一番よかったですか。」
　　B「そうですね、一番よかったのは色々なおもしろい人に出会って友達《ともだち》になれたことです。」（中）

14　A「山田《やまだ》さんは本当にいい人ですね。」
　　B「私もそう思います。あの人は他人がいやがることは絶対にしませんね。」（中）

15　A「彼《かれ》は本当に子ぼんのうだね。」
　　B「そうだね。彼《かれ》が今何よりも大事《だいじ》にしているのは自分の子供なんじゃないかな。」（中）

16　A「今日《きょう》は会社に行ったことは行ったんだが、どうも気分が悪くてすぐ帰ってきてしまったよ。」
　　B「まあ、熱でもあるんじゃない。ちょっと横になったらどう。」（中）

17　A「鈴木《すずき》さん、ブラジルの人と結婚《けっこん》してむこうに住むことになったそうよ。」
　　B「ええ、ほんと。信じられないわ。」（中）

18　我々が今の世代《せだい》の若者に望むことはもっと礼儀《れいぎ》を重んじしかも独立心を持って生きていくことだ。私には今の若者はどうも甘《あま》やかされすぎているような気がしてならない。（中・上）

19　営業の大木《おおき》君はサラ金《きん》に手を出して夜逃《よに》げをするはめになったそうだが、彼《かれ》に限って、そんな借金をかかえこんだりうしろめたいことをしたりすることはないと思っていたので、残念だ。（中・上）

20　日本ではたばこを吸うことは別に公害だとはあまり思われないし、別段問題にならないことだ。それに、実際、たばこを吸う人も多い。特に会社では、自分がたばこを吸わなくても、他の人のためにライターを持ち歩く人さえいる。でも、そんな日本でも、最近は禁煙車《きんえんしゃ》がふ

え（　）あるようだ。（中・上）

21 ぼくの家は空港のすぐそばにあるから、家の二階の窓からは飛行機が飛んでいったり来たりするのがよく見える。空港のそばだから、騒音《そうおん》が気にならないことはないが、飛行機が好きだから、それでもかまわないと思う。（上）

22 手紙を書くのは一見《いっけん》簡単なように思えるが、日本語で手紙を書くのはそんなにたやすいことではない。文体もずっと丁寧《ていねい》になるし敬語《けいご》も多く使われる。その上、時候《じこう》のあいさつや結びのあいさつの仕方《しかた》などの色々気をつけなければならないことがたくさんある。（上）

23 高校の頃《ころ》、なぜかわからないけれど、好きでもない人に好かれて好きな人には全然振《ふ》り向いてもらえないことがよくありました。そんな時、相手を傷つけてしまうのを恐《おそ》れて、自分の心の中にあることが口に出せずに、本当に困ってしまったものでした。（上）

24 心臓病の人や血圧が高い人には、ねこや犬などの動物や魚を飼《か》ったり、植物を育てたりするのがいいそうである。ペットや植物は人の気持ちをなごませ心臓の動きを一定《いってい》に保つことが出来るそうである。（上）

25 日本人がアメリカに行ったら絶対にするべきではないことと言えば、まず第一に思い浮《う》かぶのは、自分の家族のことをわざとけなしたり、他人にほめられても素直《すなお》に「ありがとう」と言わずに自分のことを悪く言ったりすることである。日本では自分や自分の家族をわざと下げて言うのは相手に対する礼儀《れいぎ》ではあるが、アメリカ人にとっては、これはどうもいただけない習慣である。だから、自分や自分の家族のことを悪く言ったりすると、家族関係がうまくいっていないのではないかとか、自分に自信が持てないのではないかと誤解されることもありうる。これはあくまでも習慣の違《ちが》いにすぎないのだが、えてして大きな誤解をまねくこ

とにもなりうる。（上）

総合練習問題〔六〕

□内の「の」「こと」を修飾《しゅうしょく》する拡大文節に傍線《ぼうせん》を引きなさい。

1　この間の休みは、あまりする［こと］がなかったので、一日中《いちにちじゅう》テレビを見たり、ラジオを聞いたりしました。私は本当は外へ出て何かをする［の］が好きですが、その時はあまり出かけたくありませんでした。毎日授業が大変でとてもつかれていたので、何か楽な［こと］しかしたくありませんでした。久しぶりにゆっくり休んだ［の］はとてもよかったと思います。（初）

2　今度のお正月《しょうがつ》に日本へ行く［こと］になったので、とてもうれしいのです。日本でお正月《しょうがつ》をすごす［の］は、初めてだし、日本のお正月《しょうがつ》はとてもいいと聞いているので、楽しみです。私が一番楽しみな［の］は、日本の着物を着てお寺や神社《じんじゃ》へ行く［こと］とおいしいお正月《しょうがつ》の食べ物を食べる［こと］です。（初）

3　明日《あした》のパーティーの［こと］について、お知らせしておきたい［こと］があるので、このメモを書いておきます。ビールやワインなどは、山本《やまもと》さんが買いに行く［こと］になっていますが、スナックやすしの料理の担当者が誰《だれ》か分からないので、心当たりがあれば知らせて下さいませんか。それから、音楽のテープやゲームの道具は川口《かわぐち》さんにお願いして持ってきてもらう［こと］になっています。（中）

4　父が病気で入院した［こと］は誰《だれ》にも言わなかったのですが、うわさというものは、速く伝わるらしくて、先日《せんじつ》、父の知り合いの佐々木《ささき》さんが父の病気の［こと］で訪ねてきました。病院のベッドで父が静かにねている［の］を見た佐々木《ささき》さんは、とても驚《おどろ》いていたようでした。父がこんな姿でいる［の］が信じられないというようでした。（中）

5　「油を売る」というと現在では仕事や勉強などを怠《なま》ける［こと］を意味するが、これはもともと江戸《えど》時代の油売りの油を売る様子《ようす》から来ていると言われている。当時の油売りはますを使って油を計り売りしていたのだが、油は水と違《ちが》ってドロドロしているため量を計る［の］に時間がかかったそうである。この時間をつぶす［の］に油売りは量を計っている間お客と色々な雑談をしてお客の機嫌《きげん》をとったのだそうだ。油売りは別に仕事を怠《なま》けていたわけではなかったのだが、油を売っている様子《ようす》がいかにもサボっているように他人には見えたので、次第《しだい》に「油を売る」という表現が、しなければならない［こと］をサボるという［こと］の代名詞になったのだそうだ。油売りには申《もう》し訳《わけ》ない［こと］だが、なかなかおもしろい発想ではないかと思う。

6
A「はい、片山《かたやま》です。」
B「もしもし、木村《きむら》と申しますが、里子《さとこ》さんは御在宅《ございたく》でしょうか」
A「いいえ、里子《さとこ》は今ちょっと出ておりますが、何かお伝えしましょうか。」
B「そうですか。それではお願いします。実《じつ》は、今日《きょう》の夕方《ゆうがた》五時に里子《さとこ》さんと渋谷《しぶや》でお会いする［こと］になっていたのですが、今すぐ大阪《おおさか》に行かなければならない［こと］になりました。それで、里子《さとこ》さんに今日《きょう》はお会い出来ないと伝えていただけないでしょうか。」
A「はい、わかりました。伝えておきます。」
B「どうもありがとうございます。それでは失礼します。」
A「ごめん下さい。」（中・上）

7

拝啓《はいけい》　日ざしも一段《いちだん》ときつくなり、本格的な夏がやって参りましたが、相変わらずお元気で御活躍《ごかつやく》のことと存じます。私もやっと外国の生活にも慣れ、なんとかやっております。こちらに参りましてからというもの、毎日が失敗の連続で、気の休まることはありませんでしたが、最近はそれにも慣れ、かえって、ずうずうしくなってきたようにも思われます。会社の同僚《どうりょう》も皆《みな》いい人たちばかりで、色々と気を使ってくれますので、気持よく働くことが出来ます。来月からは、ロンドンやニースの方《ほう》にも出張に出かけられることもあるそうで、本当に楽しみにしております。

というわけで毎日元気にやっておりますので他事《たじ》ながら御安心《ごあんしん》下さい。これから増々《ますます》暑くなり体調もくずれやすい季節に入《はい》ると存じますが、お体をお大切になさって下さい。

敬具《けいぐ》

七月五日

黒《くろ》田《だ》芳《よし》行《ゆき》

鈴《すず》木《き》一《いち》郎《ろう》様《さま》

（上）

8

日本で最も積雪量の多いのは北陸地方であるといえよう。ことに、新潟《にいがた》は毎冬《まいふゆ》二メートルを越《こ》す雪が降《ふ》るので、二階建《にかいだて》の家の一階が完全に雪で埋《う》まってしまうこともよくある。また屋根に積もった雪は早めに落としておかないと、家全体が雪につぶされてしまうことにもなりかねない。どうしてこんなに雪が降《ふ》るのかと言うと、それは、冬場《ふゆば》シベリア方面から来る湿《しめ》った空気が、本州を縦に走る奥羽《おうう》山脈や日本アルプスにぶつかり、雪雲《ゆきぐも》を形成し、多くの雪をもたらすからである。そしてこの空気は山脈を越《こ》えてしまう頃《ころ》には乾《かわ》いてしまうのである。

そのため、東北であっても太平洋側は、冬場《ふゆば》は湿度《しつど》が低く、雪は降《ふ》ることは降《ふ》るがあまり大した積雪量にはいたらないのである。（上）

9　二十代・三十代の人でまだ一度も海外に出たことのない人にはぜひ一度外国旅行を、それも出来れば団体ツアーで行くのではなく、個人の旅行をすることをお勧めする。個人で言葉もあまり通じないところに行くのは少々危険だと思われる人もいるかもしれないが、団体旅行で、自分たちの仲間に囲まれて旅行しても、旅先の国の人々や彼等《かれら》の生活にふれることは出来ない。外国旅行をするのに、ただ異国の色々な建物や催《もよお》し物や町並《まちなみ》を見て回るだけではどうも味気《あじけ》ないではないか。それに、そういう旅行は年をとってからでも充分《じゅうぶん》出来るように思う。若いのだから、思いきって異国の文化に体当たりでぶつかっていくのもおもしろい経験になるのではないか。（上）

〔七〕　モダル型拡大文節

1　文＋モダル

例

a　あしたはいい天気になるかな。

b　物価《ぶっか》はまだまだ上がりつづけるようだ。

c　あの橋は今にもくずれ落ちてしまいそうだ。

d　来年になったら、日本へ行くらしいです。

モダルとは、文についてその文の命題に対する話者の心的態度を表現するもので、例えば、信念、推量《すいりょう》、疑惑《ぎわく》・期待、伝聞などの叙法上《じょほうじょう》の意味を加えるものである。従って、モダルの拡大文節は、拡大文節の探し方の原則Ⅴにあるように、モダルの前にある文全体を含《ふく》む。例えば、例文aの「かな」は、「あしたはいい天気になる」ということの可能性に対する話者の疑惑《ぎわく》の気持ちを表すモダルである。この場合「かな」の拡大文節は、疑惑《ぎわく》の対象になる事柄《ことがら》を表す部分から成り、文頭の「あしたは」から始まる。また、例文bの「ようだ」は話者の推量《すいりょう》を表すモダルである。この場合の拡大文節も、推量されている事柄《ことがら》、すなわち、「物価《ぶっか》が上がり続ける」ことを表す文全体から成る。従って、この場合においても、拡大文節は文頭から始まる。同様に、例文cの「そうだ」の拡大文節も、その前に続く文の始め、つまり、文頭から始まる。最後に、例文dでは、モダルの前の複文全体がモダルの拡大文節の範囲《はんい》になっている。副詞句や副詞節は必ずしもいつもモダルの拡大文節に入《はい》るだけではないが、この例文では、「来年になったら」という副詞節は、「日本へ行く」を修飾《しゅうしょく》し、将来日本へ行くことに対する条件を表している。従って、この条件節を含《ふく》む文全体がモダル、「らしいです」の拡大文節となっている。

以上述べたように、モダルの拡大文節は、拡大文節の探し方の原則Ⅱ、**「は」「も」の原則**に反するわけだが、これは、一般《いっぱん》に、モダルの前が文で、しかもモダルが述部にある時にいえることである。従って、モダルが句についていたり、名詞節の一部であったりする場合には、モダルの原則（原則Ⅴ）はあてはまらない。例えば、「弟はおいしそうに柿《かき》を食べた」という文で、推量を表す「そうに」は副詞句として「食べた」を修飾《しゅうしょく》しているが、この場合、「そうに」は述部にないから、その拡大文節は「おいし」からであり、「弟は」は入《はい》らない。また、「山田《やまだ》さんは泣き出しそうな顔をしていましたよ。」という文でも、「そうな」は「泣きだしそうな顔」という名詞節の一部であるため、主題の名詞句「山田《やまだ》さんは」はモダルの「そうな」の拡大文節の外にあると考えられる。

なお、日本語におけるモダルは、文法上は名詞、形容詞、形容動詞、あるいは、複合表現である場合もあり、必ずしも一つの品詞にまとめることは出来ない。次に、日本語のモダルの主なものをあげる。

(a) 期待（～はず　名詞）

(1) 今日《きょう》は休日のはずです。

(2) あの人が「はい」と言うはずがありません。

(b) 意思・信念（～つもり　名詞）

(1) まだまだ若いつもりです。

(2) きょうは泳ぎに行くつもりです。

(c) 結論（～わけ　名詞）

(1) A「スミスさんは日本に十年間住んでいたんだって。」

B「どうりで日本語が上手《じょうず》なわけだ。」

(2) きのうはテレビをずっと見ていたんだから、頭が痛いわけだ。

(d) 強調・説明（～ん・のだ　名詞＋だ）

(1) 京都《きょうと》は本当に情緒《じょうちょ》のある町なのです。

(2) A「どこへ行くんですか。」

B「成田《なりた》まで友達《ともだち》を迎《むか》えに行くんですよ。」

(e) 弱い推量（〜かもしれない）

(1) A「少し雲が出て来ましたね。」
B「そうですね。雨が降《ふ》るかもしれませんね。」

(2) 今日《きょう》の試験で失敗したから、Cをとるかもしれない。

(f) 推量（〜だろう）

注「だろう」は「かもしれない」より可能性がやや高い。

(1) 明日《あした》は晴れのち曇《くも》り、夕方《ゆうがた》には雨が降《ふ》るでしょう。」

(2) 医者にならなかったら、ミュージシャンになっていただろう。

(g) 強い推量・確信（〜に違《ちが》いない）

(1) のどは痛いし、せきは出るし、おまけに熱もあるみたいだし、風邪《かぜ》をひいたに違《ちが》いありません。

(2) A「あなたが会ったのは本当にこの写真の人でしたか。」
B「ええ、この人に違《ちが》いありません。」

(h) 疑惑《ぎわく》（〜かしら・かな）

注「かしら」は女言葉《おんなことば》。

(1) 仙台《せんだい》はもう初雪《はつゆき》が降《ふ》ったのかしら。

(2) A「田中さんはもう大阪《おおさか》に着いたかな。」

B「そうですね。もうそろそろ着いてもいい頃《ころ》ですね。」

(i)　伝聞をもとにした推量（～らしい　イ形容詞）

(1)　A「角《かど》に新しく出来たスーパー、なかなかいいらしいよ。」
B「そう、どうして。」
A「隣《となり》の人が、安くて新鮮《しんせん》なものがおいてあるって言っていたよ。」

(2)　あの政治家はどうやら汚職《おしょく》で逮捕《たいほ》されたらしい。

(j)、視覚的な証拠《しょうこ》をもとにした推量（～そうだ　ナ形容詞）

(1)　この指輪は高そうだ。

(2)　あの人、ふらふらしていて、今にも倒《たお》れそうだ。

(k)　演繹《えんえき》的な推量・推論（～ようだ・みたいだ　ナ形容詞）

(1)　石川《いしかわ》さんはまだ家に帰っていないようだ。

(2)　どうもうちの子供は人見知《ひとみし》りが激《はげ》しいようだ。

(l)　伝聞（～そうだ　ナ形容詞）

(1)　あしたは授業がないそうです。

(2)　新聞によると、失業率は下がったそうだ。

練習問題〔七の1〕

□で示したモダルの拡大文節に傍線《ぼうせん》を引きなさい。

1　A　「今年《ことし》の夏はどこかへ遊びに行く予定がありますか。」
　　B　「まだ、分かりませんが、ナイアガラの滝《たき》を見に行くかもしれません。（初）

2　A　「来年大学を出たら、どうしますか。」
　　B　「コンピューターの会社につとめるつもりです。」（初）

3　A　「おや、山田《やまだ》さんがいませんね。」
　　B　「今日《きょう》は来ないと思いますよ。彼《かれ》は仕事で岡山《おかやま》に行っているはずですから。」（初）

4　A　「このステーキはちょっとかたそうですね。」
　　B　「そうですね。あまりいい肉じゃないのかもしれませんね。」（初）

5　A　「どうしたんですか。あまり食べませんね。」
　　B　「ええ、夏バテのために食欲があまりないんですよ。」（初）

6　A　「天気予報によると、あしたは雨だそうだ。」
　　B　「じゃあ、ピクニックに行くのは止《や》めた方がいいね。」（初）

7　A　「来年は仕事をやめて外国に住むつもりです。」
　　B　「えっ、本当ですか。どこに住むんですか。」
　　A　「さあ、それはまだ決めていません。」（初）

8　A　「あら、私のアイスクリームがなくなっている。」
　　B　「たけし君が食べたに違いないよ。きのう、アイスクリームを食べ過ぎて、お腹《なか》が痛いと言っていたから。」（初）

9　A　「きょうは何かいいことがないかしら。」
　　B　「そうだね。いいことがあるといいね。」（初）

10 A 「佐藤《さとう》さんは最近あまり元気がありませんね。」
B 「友達《ともだち》とけんかをしてしまったようですよ。」（初）

11 A 「ずいぶん遅《おそ》いですね。」
B 「すみません。九時の電車に乗り遅《おく》れてしまったんです。」（初）

12 A 「イギリスの大学に留学することになりました。」
B 「そうですか。じゃあ、本田《ほんだ》さんにはもうしばらくお会い出来ないかもしれませんね。」
（初）

13 A 「ジョンソンさんは山田《やまだ》さんのお誕生日《たんじょうび》のことをすっかり忘れていたようですよ。」
B 「そうですか。それで、パーティーへ遅《おく》れて来たんですね。」（初）

14 A 「この手紙を速達《そくたつ》で出すと何日《なんにち》ぐらいで日本に届きますか。」
B 「そうですね。一週間もあれば届くはずですよ。」（初・中）

15 A 「アメリカは今年《ことし》はかんばつで大変らしいですね。」
B 「ええ、そのようですね。ニュースでも、特に中西部《ちゅうせいぶ》は農作物に被害《ひがい》が出てきていると言っていましたよ。」（中）

16 A 「足をねんざした時は、はれがひくまで、足を冷やさなければなりません。」
B 「そうですか。じゃあ、温湿布《おんしっぷ》はすぐしてはいけないわけですか。」
A 「そうですよ。」（中）

17 A 「うなぎと梅干《うめぼ》しを一緒《いっしょ》に食べるとおなかをこわすといいますが、本当でしょうか。」
A 「そんなことはありませんよ。ただ、江戸《えど》時代の貝原益軒《かいばらえきけん》という学者はうなぎと梅干《うめぼ》しは食《く》い合わせが悪いと言っていたそうですが。」（中）

18　A「兄は今ごろどこで一体《いったい》何をしているのだろう。三年前、家出《いえで》したままゆくえが全然わからないんだ。」

B「それはさぞかし心配なことだろうね。」（中）

19　A「風邪《かぜ》をひいて先週の水曜日からずっと学校に行っていない。日本語の授業はもうかなり先まで進んでしまったかな。」

B「いや、そうでもないよ。先生も風邪《かぜ》で二、三日休んでいたからね。」（中）

20　東京《とうきょう》は世界で最も土地が高い都市だそうだが、この間《あいだ》東京《とうきょう》に行ってみて、それが本当のことだとよく分かった。普通《ふつう》のサラリーマン家庭で東京《とうきょう》にいて家を買うことなど二世代《せだい》をかけても不可能に近いらしい。日本の十分の一以上の人口が東京《とうきょう》に集中しているのだから、無理もない事だ。（上）

21　ゴッホは、同じ印象派の画家、ゴーギャンに対して深い親愛の情を持っていたようだ。かの有名なひまわりの絵は、ゴッホのたっての頼《たの》みでゴーギャンがゴッホのアパートに同居人として引《ひ》っ越《こ》して来た時に、ゴッホがゴーギャンの部屋《へや》を飾《かざ》るために描《か》いたのだそうだ。（上）

22　夏の夜、リンリンと美しい音をたてて鳴く鈴虫《すずむし》という虫は、その一生《いっしょう》の大半を幼虫として土の中で過ごすようだ。鈴虫《すずむし》が成虫として地上で生きていられるのはわずかに一週間余《あま》りに過ぎないらしい。鈴虫《すずむし》の鳴き声がひときわ美しく聞こえるのはその生命のはかなさのためかもしれない。（上）

23　一九六八年に暗殺されたマーティン・ルーサー・キング博士は一生《いっしょう》を黒人に対する人種差別の撤廃《てっぱい》運動にささげたそうである。彼《かれ》は暴力による運動に反対し、その勇気ある行動は、黒人だけでなく多くの白人にも支持されていたようだ。彼《かれ》のおかげで、現在アメリカの人種差別が少なくとも法律上は破棄《はき》されたと言っても過言《かごん》ではないという人もいる。彼《かれ》の誕生日《たんじょうび》がアメリカで国民の休日として祝われるのももっともなわけだ。（上）

24　あと三日もすれば、待望のボーナスが出るはずだ。そうしたら、前から買いたいと思っていたステレオのセットを買うつもりだ。それから、出来れば、新しいVCRもほしい。今のはもう古くて時々画像が変になるから、本当に困るのだ。でも、VCRまでは無理かもしれない。（上）

25　先日他界された恩師の増田《ますだ》先生は子供の頃《ころ》ずいぶん苦労なさったらしい。先生のお父《とう》さんは、先生がまだ小さい頃《ころ》に亡《な》くなったそうだ。先生のお母《かあ》さんは、その後《ご》女手《おんなで》一つで五人の子供たちを育てられたそうだが、長男《ちょうなん》であった先生も、中学卒業後、一家《いっか》の家計を助けるために働きに出られたのだそうだ。でも、歴史の好きだった先生は、勉強をあきらめずに、夜学に通《かよ》って高校を卒業し、ついには大学に入《はい》られたという。今ほど大学に行く人も多くない時代のことだし、先生の生活も決して豊かとはいえなかったはずである。思うに、先生はよほど優秀だったに違いない。大学に入《はい》ってからの先生は、勉学にいそしみ、また指導教授にも恵《めぐ》まれて、立派な歴史学者への道をたどられたようだ。先生がこのように大成《たいせい》なさったのは、子供の時の苦しい生活の中でつちかわれてきた強さのおかげでもあるかもしれない。私のように平々凡々《へいへいぼんぼん》と気楽《きらく》に人生を生きてきたものには、到底《とうてい》出来ないことではないだろうか。（上）

2　文。文＋のだ

例

a　あした朝早く起きなければなりません。六時の電車に乗るんです。

b　おなかがすいて死にそうです。朝から何も食べていないんです。

モダルの中でも、「のだ」は、拡大文節の探し方の原則VIにあるように、その拡大文節が一文《いちぶん》を越《こ》え前の文まで含《ふく》まれることがある。この点で、「のだ」はほかのモダルと大きく違《ちが》っている。「のだ」の拡大文節が一文《いちぶん》を越《こ》える場合、「のだ」が述部にある文とその前の文は強い関係がある場合が多い。特に、例文aにあるように「のだ」が前文の事柄《ことがら》に対する理由を説明しているような場合、拡大文節は、前の文を含《ふく》む。同じように、例文bでは「おなかがすいている」原因は「朝から何も食べていない」ことにあって、初めの文とその次の文は因果《いんが》関係が強い。従って、この場合も、「のだ」の拡大文節は一文《いちぶん》を越《こ》えて前の文も含《ふく》むのである。逆にいえば、もし「のだ」が述部になっている文がその前の文と特に強い関係にない場合は、「のだ」の拡大文節は一文《いちぶん》を越《こ》えない。

練習問題〔七の2〕

□で示したモダルの拡大文節に傍線《ぼうせん》を引きなさい。

注　この練習問題では「のだ」の拡大文節が文を越《こ》えるものと越《こ》えないものとがある。

1　A「最近、ずいぶん、やせたみたいですねえ。」

B「ええ。十キロ減りました。ここ一カ月、ずっとダイエットをしているんです。」（中）

2　A「今日《きょう》はこれから何をするつもりですか。」

B「家《いえ》に帰って勉強します。明日《あした》大事《だいじ》な試験があるんです。」（中）

3　A「どうかしましたか。」
　　B「いいえ、何《なん》でもありません。ただ、ちょっと誰《だれ》かが私を呼《よ》んでいるような気がしたんです。」（中）

4　A「きれいな所ですね。この写真はどこで撮《と》ったんですか。」
　　B「十和田湖《とわだこ》に行った時に、遊覧船の中から撮《と》ったものだと思います。とてもいい所でしたよ。」（中）

5　A「もう帰るんですか。ごはんでも一緒《いっしょ》に食べて行ったらどうですか。」
　　B「有難《ありがと》うございます。でも、五時に新宿《しんじゅく》で待ち合わせがあるんです。本当に今日《きょう》は色々有難《ありがと》うございました。」（中）

6　A「今日《きょう》、映画を見に行きませんか。試写会の招待状が二枚あるんです。」
　　B「特に予定はありませんから、いいですよ。どこであるんですか。」（中）

7　A「今日《きょう》はどんな魚がいいかしら。」
　　B「このあじがいいよ。今がしゅんだし、今朝《けさ》入《はい》ったばかりであじがいいんだよ。」
　　A「じゃあ、そのあじ、二つ下さい。」（中・上）

8　A「この間《あいだ》お借りした本、もう少し持っていてもよろしいですか。まだ全部読み終わっていないんです。」
　　B「ええ、いいですよ。私はもう読みましたから。」（中・上）

9　A「最近はワープロもずいぶん進んできましたね。」
　　B「ええ、おかげでずいぶん便利になったと思います。でも、私には今のワープロは進みすぎて却《かえ》って複雑すぎるんですよ。」（中・上）

10　Ａ「この頃《ごろ》はどこに行っても人だらけで、息がつまってしまうよ。」

Ｂ「本当にその通りだね。休みの日に出かけたって、人に会いに行くようなものだもの。家でテレビでも見ながら、ゴロゴロしてる方がむしろ休養になるぐらいなんだよね。」

（上）

11　Ａ「川端康成《かわばたやすなり》の作品は、私にはもの足りない気がします。たいてい、結論というか、終わりらしい終わりというか、そういうものがないまま話が終わってしまうんです。」

Ｂ「それが川端《かわばた》文学の特徴《とくちょう》だと思いますよ。川端《かわばた》ははっきりした結論を打ち出さないことによって、余白というか余韻《よいん》を残そうとしたのだと思いますよ。」（上）

12　五月の第二日曜日は母親に感謝する日、つまり母の日で、日本でもこの日になると赤いカーネーションを胸に飾《かざ》ったり母親に贈《おく》ったりする人が多い。だが、これは本来は日本の習慣ではなく、一九一四年にアメリカで制定されたのである。また母の日に赤いカーネーションでなく白いカーネーションを飾《かざ》る人が時々いる。これは、その人の母親がもう死んでしまっていることを表しているのである。（中・上）

13　六月の第三日曜日は父の日である。父の日は、一九四〇年に、アメリカのＪ・Ｂ・ドット夫人という人が母の日に対して父の日がないのは不公平だと、提唱したのが始まりなのである。アメリカでは父の日には父親に感謝のカードやバラの花を贈《おく》るのだが、日本では父の日は母の日ほど広まっていないために、何もなされないことも多い。（中・上）

14　コンピューターが広く一般《いっぱん》に普及《ふきゅう》している現在、皮肉にもコンピューター恐怖症《きょうふしょう》を訴《うった》える人が出てきた。これは、コンピューターというものに対する基礎《きそ》知識を得ようとしないで、コンピューターを使っている人に多い単なる機械に対する苦手《にがて》意識なのだ。こういう人はよくコンピューターが変なことをしたとかファイルを消したとか言う。でも、コンピューターは自発的にファイルを消したりすることは出来ない。コンピューターは単なる機械に過ぎないのだ。こういう場合、たいてい使っている人のキーの押《お》し間違《まちが》いとか、プログラムを書いた人のミスといった人間のエラーが原因なのだ。

日本茶《にほんちゃ》をおいしく入《い》れるには、ただ熱湯《ねっとう》をそそげばいいというものではない。例えば、お茶を入《い》れるための湯一つにしても、水の質、沸《わ》かし方、温度と色々気をつけなければならない。まず第一に、湯は必ず水から沸《わ》かし沸騰《ふっとう》させなければならない。沸騰《ふっとう》させていない湯には水《みず》臭《くさ》さが残るのだ。ただ、あまり長く沸騰《ふっとう》させるのは避《さ》けた方がいい。長時間沸騰《ふっとう》させた湯はまろやかさに欠けるのだ。それから、お茶の種類によって、湯の温度は変えなければならない。一般《いっぱん》に、上等のお茶ほど温度は低い方《ほう》がよいのである。例えば、玉露《ぎょくろ》は五十度から六十度ぐらいで湯気《ゆげ》がかすかに立つぐらいにさます、煎茶《せんちゃ》のよいものなら七十度ぐらいで、並《なみ》のものなら九十度ぐらいでもかまわない。沸騰《ふっとう》したばかりの湯を入《い》れてもいいのは番茶やほうじ茶や玄米茶《げんまいちゃ》などのいわゆる一番安いものなのである。（上）

総合練習問題〔七〕

□で示したモダルの拡大文節に傍線《ぼうせん》を引きなさい。

1　あしたピクニックへ行くつもりです。でも、きょうから天気が少しずつ悪くなってきているようです。ですから、あしたは雨が降《ふ》るかもしれません。雨が降《ふ》ったら何をするかまだ決めていませんから、雨が降《ふ》らなければいいと思っています。雨が降《ふ》らないように、今から「てるてるぼうず」を作る**つもりです**。（初）

2　川上《かわかみ》さんはきのう高い熱があった**そうです**。ですから、きのう電話をかけてみようと思いました。でも、病気《びょうき》の時に電話をかけられても、うれしくない**だろう**と思って、かけませんでした。山口《やまぐち》さんがきょう川上《かわかみ》さんの家へお花を持って行った時、川上《かわかみ》さんのお母《かあ》さんは「もうだいじょうぶです。」と言いました。ですから、今晩は川上《かわかみ》さんに電話をかける**でしょう**。（初）

3　日本では、一年に二度、お中元《ちゅうげん》とお歳暮《せいぼ》と呼ばれる贈《おく》り物《もの》をあげる習慣がある**そうです**。お中元《ちゅうげん》は夏に贈《おく》られる物でお歳暮《せいぼ》は冬に贈《おく》られる**ようです**が、どちらも学校の先生や会社の上司《じょうし》など何かでお世話《せわ》になっている人にあげる物な**のです**。でも、学生は卒業する前は先生には何もあげてはいけないし、先生も学生から何かもらってはいけない**そうです**。（中）

4　日本語を勉強することはアメリカ人にとってフランス語やスペイン語などを勉強するよりずっと難しくて大変な**ようです**。これは、日本語は文法的にも英語と全く違《ちが》うし、漢字、ひらがな、かたかなという複雑な三つの種類の文字《もじ》が使われているから**かもしれません**。けれども、最近は前より上手《じょうず》に日本語が話せる人も多くなってきた**ようです**。それに、日本語を教える学校もふえてきた**らしいです**。（中）

5　最近あるテレビ局が行ったアンケートによると、日本人の二十代、三十代の女性で、「あなたは太っていると思いますか」という質問に対して、八割の人が「太っている」と答えた**そうだ**。けれども、実際体脂肪《たいしぼう》の量《りょう》を量《はか》ってみると、太っていると考えられる女性は、三十人に一人《ひとり》ぐらいしかいない**のだそうだ**。どうやら、若い女性の多くは、大きな考え違《ちが》いをしているようだ。中には、ファッション雑誌に出てくるモデルのように細《ほそ》くなければ太っていると思っている女性もいるらしい。しかし、細《ほそ》ければ必ずしも美しく魅力《みりょく》的だというわけではない。むしろ、多少足が太かろうが腰が大きかろうが健康的で引き締《しま》った体をしている方がはるかに魅力《みりょく》的ではないだろうか。（上）

6

文学作品を他《ほか》の言語に翻訳《ほんやく》するのは並大抵《なみたいてい》のことではないに違いない。翻訳家《ほんやくか》は、作品が書かれている言語と翻訳《ほんやく》に使う言語の両方に精通《せいつう》していなければならない。その上、二つの言語が話されている社会と文化についても深く理解していなければならないはずだ。原文に書かれてあることを単に直訳しても、読者には理解出来ない事が多いだろう。原文にある文化的・社会的背景、それに影響される登場人物の行動や心理的描写《びょうしゃ》は、その文化・社会を知らない読者には通用しないのだ。従って、翻訳家《ほんやくか》は、二つの文化・社会の違《ちが》いを念頭に入《い》れ、作者が訴《うった》えたいことを一番効果的に書き換《か》えなければならないだろう。そのためには、翻訳家《ほんやくか》は、文学を深く理解し、また、すぐれた文章を書ける能力を持っていなければならないと思う。（上）

7

日本は環《かん》太平洋火山帯の一部にあって、世界でも有数の地震国《じしんこく》である。東京では、体にはあまり感じないものも入《い》れると、殆《ほとん》ど月に一回《いっかい》は地震《じしん》があるらしい。だから、地震《じしん》の時、どのように対処すべきかは普段《ふだん》からよく分かっていなければならないのである。地震《じしん》が起こったら、まず、家中《いえじゅう》の火をすべて消さなければならない。地震《じしん》による火事を未然に防ぐのだ。また出入口《でいりぐち》の戸は必ず開《あ》けておくことも大切だ。激《はげ》しい揺《ゆ》れで戸が開《あ》かなくなり、いざという時に避難《ひなん》出来なくなるかもしれないからだ。火や戸の始末《しまつ》をしたら、ふとんや上着《うわぎ》などで頭を守り、丈夫《じょうぶ》なテーブルの下にもぐり、体や頭を守らなければならない。あわてて、外

に飛び出したりは絶対にしない方がいい。ガラスが割れたり落下物《らっかぶつ》があったりして、かえって危険なはずだ。（上）

8

日本は海外輸出ばかりに力を出して内需の拡大に力を入《い》れていないという批判は年毎《としごと》に厳しくなってきているようだ。確かに、日本の海外への進出は度を越《こ》えていて、外国から反感をかっても仕方がないかもしれない。しかしながら、日本がこのように海外に進出し外貨をかせごうとするのにも理由があるのである。日本は、アメリカなどの大国と違《ちが》って、国土も狭《せま》く天然資源にも乏《とぼ》しい。そのため、食糧《しょくりょう》を含む多くの資源を輸入に頼《たよ》っている。その輸入額は、もし今輸入がすべてストップすれば、日本の人口の約四分の一が直ちに餓死《がし》してしまうほどだそうだ。従って、いざという時のため、そして輸入をストップさせない購買力《こうばいりょく》を養うためには、出来るだけ輸出をして外貨をかせがなければならないと日本人は考えているようだ。このような考え方が必ずしも正当化出来るとは思わないが、それを改めるのもなかなか難しいことらしい。（上）

9

日本では一年が明けると五月まで殆《ほとん》ど毎月何《なん》らかの行事《ぎょうじ》がある。その内で、何《なん》と言っても一番大事《だいじ》なのは、お正月《しょうがつ》である。お正月《しょうがつ》は、昔《むかし》は、お正月《しょうがつ》様という年神《としがみ》様を迎《むか》えて、一《いっ》家《か》の繁栄《はんえい》と穀物《こくもつ》の豊作を祈《いの》るというものだったそうだ。今では、新年を祝い新《あら》たな気持ちで年の初めを迎《むか》える行事《ぎょうじ》になっている。二月の三日《みっか》か四日《よっか》は節分《せつぶん》といい、春の到来《とうらい》を祝う。もともとは季節の移り変わる時を節分《せつぶん》といい、年《ねん》に四回《よんかい》はあったらしいが、今では春だけ行われる。この日には、家の中から鬼《おに》や病気などを追い出すために、煎《い》った豆《まめ》を「福は内《うち》、鬼《おに》は外《そと》」といいながら、家中《いえじゅう》にまくのである。三月三日《みっか》には、女の子の成長を祈《いの》ってひなを飾《かざ》るひな祭りがある。このひな人形《にんぎょう》は昔《むかし》は草やわらで出来ていて、人形《にんぎょう》に体のけがれを

索　引

索　　引

著者紹介

牧野成一（まきの・せいいち）

1958年早稲田大学文学部英文学科卒業，60年同大学院文学修士。62年東京大学言語学学士，64年同大学院言語学修士。68年イリノイ大学大学院言語学博士。現在，イリノイ大学アジア学センター及び言語学科教授。78～88年ミドルベリー夏期日本語学校校長。88～89年ハーバード大学極東言語・文明学科客員教授。著書に『ことばと空間』（東海大学出版会）『くりかえしの文法』（大修館書店），*A Dictionary of Basic Japanese Grammar*（共著，ジャパンタイムズ）他がある。

畑佐由紀子（はたさ・ゆきこ）

1980年慶應義塾大学法学部卒業。85年イリノイ大学英語教育学修士。現在，イリノイ大学アジア学センター講師。85～86年ミドルベリー夏期日本語学校講師。論文に 'Investigating Universals of Sentence Complexity' in *Studies in Syntactic Typology* (Benjamins) 他がある。

外国人のための日本語
例文・問題シリーズ18

『読解』練習問題解答

この解答には拡大文節の始まりを示す単語・句が出ている。各解答についている番号は各型の番号と問題番号である。例えば〔一〕の1 1は「名詞＋の＋名詞」の問題番号1 ということである。一つの問題に一つ以上の設問がある場合、解答は設問順に出ている。なお、答えは拡大文節の始めの語のみを示したが、あいまいな時は「x＝y」のように示した。

第二章　拡大文節七つの型と練習問題

〔一〕の1　1 わたし　2 中国人、わたし　3 会社　4 日本　5 両親　6 ぼく、スミス　7 コンサート　8 オフィス　9 駅　10 銀行、フランス　11 わたし　12 銀座《ぎんざ》　13 私の部屋《へや》の　14 日本語、五号館、15 アメリカ　16 九州、アジア　17 アメリカ、アメリカの人口　18 国の　19 漱石《そうせき》の禅《ぜん》の　20 この先の　21 机　22 中国語の、英語の、日本語　23 日本人の、外国人　24 だれか　25 円高《えんだか》、コンピューター　26 その人、東京《とうきょう》　27 自分、より、あまりにも　28 そのような、同じ、我関《われかん》せず、相手中心　29 日米《にちべい》の、「内需拡大」、アメリカ、負債《ふさい》、日米経済戦争、流通機構　30「近くて遠い国」、物事、道幅《みちはば》　31 アメリカ、アメリカ、選挙演説《えんぜつ》、ジャーナリスト、その日

〔一〕の2　1 京都《きょうと》　2 大学　3 どこ、広島《ひろしま》　4 一枝《かずえ》　5 W大学　6 東京《とうきょう》タワー　7 第十課《だいじっか》　8 電話　9 学生、学生　10 駅　11 東京《とうきょう》　12 会社　13 その時　14 彼《かれ》　15 欧米《おうべい》、お隣《とな》り　16 西北　17 文法《ぶんぽう》　18 耳　19 路上、教習所　20 日本人、韓国《かんこく》人　21 子供　22 教室、教室、教室　23 様々な、未知の　24 誰《だれ》から、この、この、この　25 全員集合、日本で、日本の　26 この時、ホモサピエンス

〔一〕の3　1 大変　2 とても　3 ハンサムな　4 一年中《いちねんじゅう》　5 新しい、小さくて　6 あの　7 とても　8 どんな、つめたい　9 静かな、おもしろい　10 毎日＝忙《いそが》しい　11 短くて、長くて　12 あそこの　13 魚、肉　14 話　15 勉強　16 気候、気候、寒くも、寒くも、好きな　17 形　18 外国人、日本人、適切な　19 大して、たばこ、本当に　20 ラストシーン、無邪気《むじゃき》で

21 一番、生活 22 幅広《はば》い、棟《むね》と棟《むね》、八七年、絶対面積、韓国人《かんこく》の 23 平均寿命《じゅみょう》、よろこばしい、過去、このまま、寝《ね》たきり 24 短い、この、性差別の、激《はげ》しい 25 顔が日本人のような、顔が日本人らしくない、顔が日本人らしくない、けげんな、日本語、巧《たく》みな、おそろしく、日本語

〔一〕の4 1 私 2 友達《ともだち》 3 あした 4 ジョン 5 百万円 6 パクさん 7 冷蔵庫 8 先学期 9 今田《いまだ》 10 きのう 11 雪 12 あの時、今日《きょう》 13 今日《きょう》 14 いたんだ、私達《わたしたち》 15 加藤《かとう》先生 16 松田《まつだ》さん 17 チェン 18 小川《おがわ》先生 19 私の 20 その中 21 今朝《けさ》、今朝《けさ》、オーストラリア 22 先日《せんじつ》の、一時 23 今まで、最後に 24 文化、東京《とうきょう》 25 試験の、ふだん 26 アメリカ、大学院生、日本 27 英語、英語 28 アルファベット、物、物、象形文字《しょうけいもじ》、二つの、文字《もじ》 29 北東、東京《とうきょう》 30 大学、現在、片道 31 西洋、西洋、生産、欧米《おうべい》 32 この、明治《めいじ》 33 生まれた、死んだ、さけられない 34 考える 35 私達《わたしたち》の 36 小山《こやま》、信吾《しんご》、鎌倉《かまくら》、地鳴《じなり》 37 一枚、彼《かれ》の身体、彼《かれ》の脱出《だっしゅつ》 38 人間精神、人の集団、行動、集団行動 視覚中心、日本人 39 江戸末期《えどまっき》、江戸末期《えどまっき》、世界

〔一〕の5 1 来月まで 2 私 3 鈴木《すずき》 4 私 5 テレビ 6 いつか 7 何を 8 外国 9 私 10 日本 11 友達《ともだち》 12 こげる、おもち 13 肉、魚 14 雪 15 さやさやと、心 16 あの女の子 17 女性 18 親 19 客 20 摂氏《せっし》 21 やめる 22 ハイテク、自力《じりき》で、情報、日本 23 ふさぎ込《こ》んだ、そううつ病＝はしゃぐ 24 人の

〔一〕の6 1 『雪国』 2 林太郎 3 富士山《ふじさん》 4 『日本経済新聞』 5 ジャンケン 6 来年 7 山田《やまだ》 8 人が 9 たばこ 10 去年、何《なん》という 11 朝 12 アメリカ、アメリカ 13 日本がGNP、日本がまた 14 岩波書店、辞書、『日本国語大辞典』 15 内田光子《うちだみつこ》、内田光子《うちだみつこ》、私の、演奏家《えんそうか》 16 東海地区、地震《じしん》の、三原山《みはらやま》、三原山《みはらやま》、大地震《だいじしん》、明日《あした》の

総合練習問題〔一〕 1 友達《ともだち》、週末、湖《みずうみ》、湖《みずうみ》、東京《とうきょう》 2 去年、アメリカ人、日本人、国際線、エコノミークラス、同じ、マルティニ、うしろ、ウイスキー、春 3 三時、あした 4 カナダ、特別

仕立《じたて》、簡単な、初めて、今後　5　新宿駅《しんじゅくえき》、僕《ぼく》、僕《ぼく》たち、好きな、僕《ぼく》、高校　6　小さくて、色々、マンション、ちょっと、「万ション」、銀行、「痛勤」、通勤　7　MIT、アメリカ、その主任教授、割合、黒っぽい、主任教授、四等身《よんとうしん》、足、日本、日本　8　春、夏、夕方《ゆうがた》＝ほたる、秋、冬、外、大変、冬　9　男、会社、会社、リラックス、親しい、奥《おく》さん、奥《おく》さん　10　人、人の言う、自分、聞き、「聞き上手《じょうず》」　11　インド人、名古屋《なごや》、名古屋《なごや》、明治《めいじ》、漱石《そうせき》、アメリカ、アメリカ人、古い　12　外国語、頭、外国語、詳《くわ》しい　13　韓国《かんこく》、自分達《たち》、言語、言語、インド文化、韓国《かんこく》、韓国《かんこく》　14　不愉快《ふゆかい》、不愉快《ふゆかい》、自分、自分、その、人間　15　矢張《やは》り、唯《ただ》の人、越《こ》す、越《こ》す、住みにくい、詩人、画家、あらゆる

〔二〕の1　1　なかなか　2　ずいぶん　3　なかなか　4　とても　5　本当に、特に　6　まだ、もう　7　本当に　8　あまり　9　そんなに　10　一番、一番　11　とても、私より　12　大変、恐《おそろ》しく、特に、ひどく、大変　13　極めて、いたって、はるかに

〔二〕の2　1　中国語　2　うち、うち　3　朝　4　先週　5　きのう　6　昔《むかし》から　7　外国語、外国語　8　小さい　9　中学、ひどく　10　あまり、朝　11　特に、そんなに

〔二〕の3　1　分からない　2　友達《ともだち》　3　どのぐらい、歩けない　4　どんなに　5　どのぐらい、外　6　モーツァルト　7　あご　8　何も　9　先生、演習、十人ぐらい　10　アメリカ政府、日本、二《に》十一世紀《じゅういっせいき》

総合練習問題〔二〕　1　一番、そんなに　2　アメリカの、日本語の、死　3　とても、大変、あまり、舌、これ、まるで、猫《ねこ》

〔三〕の1　1　とても　2　ずいぶん、忙《いそが》しく　3　きれいに　4　だいぶ　5　ちゃんと、少し　6　一生懸命《いっしょうけんめい》　7　すぐ　8　一日中《いちにちじゅう》、よく　9　久《ひさ》し振《ぶ》りに、愉快《ゆかい》に、また　10　きれいに　11　さっさと、かたつむり、はっきり、なかなか　12　にっこり、小さい声で、にやにや、よく　13　音によって＝象徴《しょうちょう》的に、きらきらと、ぎらぎらと、ぶくぶく、げっそりと、すらっと、ぶよぶよ、すかっと、何か＝うずうず、感覚的に

〔三〕の2　1 朝　2 どのぐらい、一時間ぐらい　3 どちら　4 新宿《しんじゅく》　5 右　6 スプーン、はし、はし、たいてい　7 アメリカ人　8 僕《ぼく》の、僕《ぼく》の、僕《ぼく》の、終わり　9 まるで、デンマーク、京都《きょうと》大学で、図書館で　10 その欄《らん》、HAIKU、日本語、極端《きょくたん》に、読者、一《いち》から

〔三〕の3　1 新聞　2 日本語　3 前から　4 こんなに、安い　5 お金、君　6 言語学者、ペンタゴン、日本＝社会

総合練習問題〔三〕　1 よく、四日間《よっかかん》、こんなに
2 期待通《どお》り、おなか、こんなに、「おいしい
3 「ニャーオ」、「ワンワン」、「ブーブー」、さっさ、ゆっくり、のそのそ、ぶらぶら、せかせか、ひょこひょこ、よたりよたり、よろよろ、ちょこちょこ、のそりのそり、ばたばた、人の歩き方、それぞれ、通例

〔四〕の1　1 今日《きょう》　2 あの人　3 きのう　4 あの人　5 週末　6 いつも　7 今朝《けさ》　8 日本　9 来年　10 映画　11 魔法《まほう》使い、おばあさん　12 土曜日　13 きのう　14 中国語　15 私は＝テニス　16 その頃《ころ》　17 日本人　18 山崎《やまざき》先生　19 まず　20 アレルギー　21 東洋人、顔、韓国《かんこく》人、西洋人　22 きちんと、手書《てが》き、手書《てが》き　23 学生、ストレス、その方法、朝早く

〔四〕の2　1 仕事　2 七時の　3 雨　4 お金　5 読んだり　6 日曜日　7 あした　8 丈夫《じょうぶ》でない　9 昼間　10 本　11 ドライブ、雪　12 ラッシュアワー　13 会えた　14 車、車　15 同じこと、同じこと　16 とても＝その本　17 九十歳《さい》　18 大学、大学　19 お金、たくさん　20 大学　21 飛行機　22 目で　23 お金、お金　24 おいしい　25 日本　26 アメリカン・フットボール、試合　27 まだ、パーティー　28 注意深《ぶか》い、試験　29 きのう＝久《ひさ》し振《ぶ》りに、喫茶店《きっさてん》　30 おといい　31 空手《からて》　32 和子《かずこ》さん　33 ちょっと　34 郵便局　35 忙《いそが》しく、忙《いそが》しく、忙《いそが》しく　36 どんなに　37 日本語　38 大学院、多分　39 日本、九週間、日本　40 何か、何か、何か、何か、あとの　41 停年、停年、自分　42 西洋人、日本人　43 「新人類」、「新日本人」、「新人類」　44 不美人、視覚的魅力《みりょく》、もし　45 よく、母国語、男性、男性、音楽、帰納力、まだ　46 この間、

ロスアンジェルス、盲人《もうじん》、不運

総合練習問題〔四〕 1 きのう、ジョギング、ジョギング、そう、ジョギング 2 私、これ、人間から、人間から、一日、無、無 3 日本、一年生、やさしいこと、やさしいこと、私は、日本、そう

〔五〕の1 1 大きい 2 この 3 プリンスホテル 4 高校 5 体 6 その角《かど》 7 六本木《ろっぽんぎ》 8 昔《むかし》 9 先生 10 安くて 11 円高《えんだか》 12 車庫つき 13 急ぎ 14 世界 15 新鮮《しんせん》な 16 もう 17 格好《かっこう》 18 おなか 19 田舎《いなか》 20 私 21 手、「すしを食べた」 22 最近、安い、色々 23 駅前通《どお》り、赤と、そのレストラン、古い 24 恒例《こうれい》に、恒例《こうれい》に、右の 25 日本人、一メートル四方《しほう》、正方形《せいほうけい》、こたつぶとん、一家団欒《いっかだんらん》、このような、こたつ用、こたつ、こたつのまわり

〔五〕の2 1 ここ 2 ヨーロッパ 3 今朝《けさ》 4 ドイツ 5 大学 6 来週 7 この建物 8 こんな 9 まだまだ 10 先週 11 辛《から》くて 12 中世 13 戦争 14 煮物《にもの》 15 一寸《いっすん》 16 今日《きょう》 17 駅前 18 値段 19 親しい 20 最近、都心 21 アメリカ、アメリカ政府 22 アフリカ、かよわい、男 23 歌舞伎《かぶき》、文化的な 24 当時＝日本、表面的な 25 先生、ラッシュアワー、先生、一人《ひとり》で、鎌倉《かまくら》

〔五〕の3 1 肉 2 小川《おがわ》さん 3 小さくて 4 日本 5 CD 6 ごはん 7 小説 8 赤 9 アメリカ 10 兄 11 海 12 本 13 ハート型 14 ヨーロッパ 15 来月 16 大学 17 結《けっ》婚《こん》しても 18 うち、うち 19 ハネムーン旅行 20 もより 21 姉 22 牛 23 原爆《げんばく》、原爆《げんばく》、過去 24 将軍家《しょうぐんけ》、将軍家《しょうぐんけ》、その勢力 25 下《しも》ぶくれ、細《ほそ》い 26 アパート、自分、自分、駅、駅、駅、妥当《だとう》だ、妥当《だとう》だ、仕事先なり

総合練習問題〔五〕 1 近所、近所、五人、五人、よく 2 去年、大学、この大学、いい 3 大学入試、大学を卒業した、大学にいる、大学にいる、大学に入《はい》った、大学に入《はい》った 4 去年、去年、北海道、丸い、ここ、ここ、このまりも 5 家事、家事、責任、朝日新聞、現在 6 生まれ落ちた、この小さな、生まれたばかり、この目も見えない、乳房《ちぶさ》、百獣《ひゃくじゅう》、百獣《ひゃくじゅう》 7 スペイン、おせんべい、おもち、みそ、海外向け、海外向け

8 暑さに、たんぱく質、ビタミンと、土用《どよう》、スタミナ作り、トマト＝青物《あおもの》、トマト、よく冷やした、麦茶　9 アフリカや、大きな、同性愛者、一般《いっぱん》、フロリダ、エイズの病原菌《びょうげんきん》、同じ小学校、エイズの原因、合衆国政府、新聞、テレビ、学校、テレビ

〔六〕の1　1 山田《やまだ》さん　2 日本　3 来年　4 あの人　5 旅行　6 宿題　7 コンピューター　8 来週　9 きのう　10 弟　11 タイ　12 山田《やまだ》さん　13 上野《うえの》動物園　14 一人《ひとり》で　15 自分　16 おととい　17 自分　18 君　19 お宅　20 このところ　21 生まれて　22 当時、学生、体育祭、文化祭、誰《だれ》よりも　23 常に、日本女性　24 自分が、子供　25 戦争中、戦後、その工場、田舎《いなか》、軍医として、原爆《げんばく》

〔六〕の2　1 その　2 楽しくない　3 とても　4 おもしろい　5 体　6 私　7 天気　8 ロマンチックな　9 友達《ともだち》　10 大変な　11 有名な　12 日本で　13 自分　14 少々　15 おもしろい、宿題　16 独身《どくしん》、自分、あまり　17 子供、悲しい　18 東京《とうきょう》、情報量　19 坂、この割合　20 何よりも、五年ぶり、山田《やまだ》さんの病後　21 いろいろな、電車、別に　22 子供、世の中　23 高級で、日本車　24 日本、優勝旗　25 アメリカ、西海岸、山脈、地平線、アメリカ

〔六〕の3　1 テレビ　2 フランス語　3 図書館　4 泳ぐ　5 贈物《おくりもの》　6 誰《だれ》か　7 よく寝《ね》て　8 私　9 毎朝　10 私　11 授業中　12 さっき　13 色々な　14 他人　15 彼《かれ》　16 会社　17 ブラジル　18 もっと　19 そんな　20 たばこ、別段　21 飛行機、騒音《そうおん》　22 日本語、時候《じこう》の　23 好きでもない、相手、自分　24 ねこ、人　25 日本人、まず、自分の家族、自分、自分

総合練習問題〔六〕　1 する、外、何か楽な、久しぶりに　2 今度、日本、私、日本の着物、おいしい　3 明日《あした》、お知らせして、山本《やまもと》さん、川口《かわぐち》さん　4 父、父の病気、病院、父　5 仕事、量、この時間、しなければ、「油を売る」、油売り　6 今日《きょう》、今すぐ　7 相変わらず、気の休まる、気持、ロンドン　8 日本、二階建《にかいだて》、家全体＝早め、降《ふ》る　9 海外に、団体ツアー、個人、個人、旅先、思いきって＝若い

〔七〕の1 1 ナイアガラ 2 コンピューター 3 彼《かれ》 4 この、あまり 5 夏バテ 6 天気予報 7 来年 8 たけし君 9 きょうは 10 友達《ともだち》 11 九時の 12 本田《ほんだ》さん 13 ジョンソンさん、パーティー 14 一週間《いっしゅうかん》 15 アメリカ 16 温《おん》湿布《しっぷ》 17 江戸《えど》時代 18 兄、三年前、それ 19 日本語 20 東京《とうきょう》、普通《ふつう》 21 ゴッホ、かの有名な 22 夏、鈴虫《すずむし》、鈴虫《すずむし》 23 一九六八年、彼《かれ》、彼《かれ》の誕生日《たんじょうび》 24 あと、そうしたら、今の、VCR 25 先日《せんじつ》、先生のお父《とう》さん、先生のお母《かあ》さん、長男、長男、先生の、先生、大学、先生、私

〔七〕の2 1 十キロ 2 家 3 ちょっと 4 この写真 5 五時に 6 今日《きょう》 7 このあじ 8 この間 9 私 10 家 11 川端康成《かわばたやすなり》、川端《かわばた》 12 これ、これ、これは、その人の 13 父の日は、アメリカでは 14 これ、コンピューターは自発的に、こういう場合 15 湯は必ず、あまり、一般《いっぱん》に＝上等、沸騰《ふっとう》したばかり

総合練習問題〔七〕 1 あした、きょう、あした、雨 2 川上《かわかみ》さん、病気、今晩 3 日本、お中元《ちゅうげん》、どちらも、学生は 4 日本語、これ、最近、日本語 5 最近、実際、実際、どうやら、中には、細《ほそ》ければ、多少 6 文学作品、二つ、原文に書かれてあること、原文、翻訳家《ほんやくか》 7 東京、地震《じしん》の時、地震《じしん》が起こったら、激《はげ》しい、ガラス 8 日本、日本、日本＝外国、日本、その輸入額、いざと、それ 9 お正月《しょうがつ》は、もともと、この日、このひな人形、この日、空高く

日本語例文問題18－読解：拡大文節の認知
作者：牧野成一、畑佐由紀子 ／ 售價：200元

日本語例文問題17－修飾
作者：宮地宏、サイモン遠藤陸子 ／ 售價：150元

日本語例文問題16－談話の構造
作者：日向茂男、日比谷潤子 ／ 售價：150元

日本語例文問題15－テンス・アスペクト・ムード
作者：加藤泰彦、福地務 ／ 售價：200元

日本語例文問題14－擬音語．擬態語
作者：日向茂男、日比谷潤子 ／ 售價：180元

日本語例文問題13－語彙
作者：三浦昭、マクグロイソ花岡直美 ／ 售價：150元

日本語例文問題12－発音・聴解
作者：土岐哲、村田水恵 ／ 售價：400元（附CD）

日本語例文問題11－表記法
作者：鈴林順子、石田敏子 ／ 售價：150元

日本語例文問題10－敬語
作者：平林周祐、浜由美子 ／ 售價：150元

日本語例文問題９－文体
作者：名柄迪、茅野直子 ／ 售價：150元

日本語例文問題８－助動詞
作者：北川千里、井口厚夫 ／ 售價：150元

日本語例文問題７－助詞
作者：北川千里、鎌田修、井口厚夫 ／售價：150元

日本語例文問題６－接続の表現
作者：横林宙世、下村彰子 ／ 售價：150元

日本語例文問題５－形容詞
作者：西原鈴子、川村よしこ、杉浦由紀子 ／ 售價：150元

日本語例文問題４－複合動詞
作者：新美和昭、山浦洋一、宇津野登久子 ／ 售價：200元

日本語例文問題３－動詞
作者：岩岡登代子、岡本きはみ ／ 售價：150元

日本語例文問題２－形式名詞
作者：名柄迪、広田紀子、中西家栄子 ／ 售價：150元

日本語例文問題１－副詞
作者：茅野直子、秋元美晴、真田一司 ／ 售價：200元

國家圖書館出版品預行編目資料

讀解：擴大文節の認知 / 牧野成一, 畑佐由紀子
共著. -- 初版. -- 臺北市：鴻儒堂, 民78
面；　公分
ISBN 978-957-9092-43-2(平裝)

1.日本語言-文法

803.16　　　　91017844

書本定價：200元

發　行　所：鴻儒堂出版社
發　行　人：黃成業
地　　　址：台北市博愛路九號五樓之一
電　　　話：02-2311-3823
郵政劃撥：01553001
電話傳真機：02-2361-2334
一九八九年三月初版一刷
二〇二一年五月初版五刷